COLLECTION FOLIO

Jules Barbey d'Aurevilly

La Vengeance d'une femme

précédé de

Le Dessous de cartes d'une partie de whist

Gallimard

Ces deux nouvelles sont extraites des *Diaboliques*
(Folio Classique n° 3910)

© *Éditions Gallimard, 2017.*

Jules Barbey d'Aurevilly est né le 2 novembre 1808 en Normandie, à Saint-Sauveur-le-Vicomte, dans une famille catholique et monarchiste. Après des études secondaires au collège de Valognes, puis au collège Stanislas à Paris, il fait son droit à Caen et commence à écrire. Une première nouvelle, inspirée par un amour contrarié, *Le Cachet d'onyx*, est composée en 1831. De retour à Paris, où il s'installe tout à fait en 1837, il entame sa carrière d'écrivain et, non sans difficultés, de journaliste. En 1845, il publie – d'abord dans une revue de mode – l'essai *Du dandysme et de George Brummell*. Suivront *Une vieille maîtresse* et *Les Prophètes du passé* (1851), *L'Ensorcelée* (1854), *Le Chevalier des Touches* (1864), *Un prêtre marié* (1865). Critique littéraire pour divers journaux, il fustige nombre des auteurs de son temps et notamment les académiciens dans *Les Quarante Médaillons de l'Académie* (1863). En 1874 paraît *Les Diaboliques* ; le recueil est retiré de la vente et ne sera réédité que huit ans plus tard. Le « Connétable des lettres » ne cessera cependant pas d'être publié (*Une histoire sans nom* en 1882 entre autres) jusqu'à sa mort, le 23 avril 1889.

Lisez ou relisez les livres de Jules Barbey d'Aurevilly en Folio :

UNE HISTOIRE SANS NOM *suivi d'*UNE PAGE D'HIS-
  TOIRE, *du* CACHET D'ONYX *et de* LÉA (Folio Classique
  n° 196)

LE CHEVALIER DES TOUCHES (Folio Classique n° 727)

L'ENSORCELÉE (Folio Classique n° 910)

UNE VIEILLE MAÎTRESSE (Folio Classique n° 1115)

UN PRÊTRE MARIÉ (Folio Classique n° 1183)

LES DIABOLIQUES (Folio Classique n° 3910)

*Le Dessous de cartes
d'une partie de whist*

— Vous moquez-vous de nous, Monsieur, avec une pareille histoire ?

— Est-ce qu'il n'y a pas, Madame, une espèce de tulle qu'on appelle du tulle illusion ?...

(À une soirée chez le prince T...)

I

J'étais, un soir de l'été dernier, chez la baronne de Mascranny, une des femmes de Paris qui aiment le plus l'esprit comme on en avait autrefois, et qui ouvre les deux battants de son salon – un seul suffirait – au peu qui en reste parmi nous. Est-ce que dernièrement l'Esprit ne s'est pas changé en une bête à prétention qu'on appelle l'Intelligence ?... La baronne de Mascranny est, par son mari, d'une ancienne et très illustre famille, originaire des Grisons. Elle porte, comme tout le monde le sait, *de gueules à trois fasces, vivrées de gueules à l'aigle éployée d'argent, addextrée d'une clef d'argent, senestrée d'un casque de même, l'écu chargé, en cœur, d'un écusson d'azur à une fleur de lys d'or* ; et ce chef, ainsi que les pièces qui le couvrent, ont été octroyés par plusieurs souverains de l'Europe à la famille de Mascranny, en récompense des services qu'elle leur a rendus à différentes époques de l'histoire. Si les souverains de l'Europe n'avaient pas aujourd'hui de bien autres affaires à démêler, ils pourraient charger de quelque pièce nouvelle un écu déjà si noblement compliqué, pour le soin véritablement héroïque que la baronne prend de la conversation, cette fille expirante des aristocraties oisives et des monarchies absolues. Avec l'esprit et les manières de son nom, la baronne de Mascranny a fait de son salon une espèce de Coblentz délicieux où s'est réfugiée la conversation d'autrefois, la dernière gloire de l'esprit français, forcé d'émigrer devant les mœurs utilitaires et occupées de notre temps. C'est là que chaque soir, jusqu'à ce qu'il se taise tout à fait, il chante divinement son chant du cygne. Là, comme dans les rares maisons de Paris où l'on a conservé les grandes traditions de la causerie, on ne carre guère de phrases, et le monologue est à peu près inconnu. Rien n'y rappelle l'article du journal et le discours politique, ces deux moules si vulgaires de la pensée, au XIXe siècle. L'esprit se contente d'y briller en mots charmants ou profonds, mais bientôt dits ; quelquefois même en de simples intonations, et moins que cela encore, en quelque petit geste de génie. Grâce à ce bienheureux salon, j'ai mieux reconnu une puissance dont je n'avais jamais douté, la puissance du monosyllabe. Que de fois j'en ai entendu lancer ou laisser tomber avec un talent bien supérieur à celui de Mlle Mars, la reine du monosyllabe à la scène, mais qu'on eût lestement détrônée au faubourg Saint-Germain, si elle avait pu y paraître ; car les femmes y sont trop grandes dames pour, quand elles sont fines, y *raffiner la finesse* comme une actrice qui joue Marivaux.

Or, ce soir-là, par exception, le vent n'était pas au monosyllabe. Quand j'entrai chez la baronne de Mascranny, il s'y trouvait assez du monde qu'elle appelle *ses intimes*, et la conversation y était animée de cet entrain qu'elle y a toujours. Comme les fleurs exotiques qui ornent les vases de jaspe de ses consoles, les intimes de la baronne sont un peu de tous les pays. Il y a parmi eux des Anglais, des Polonais, des Russes ; mais ce sont tous des Français pour le langage et par ce tour d'esprit et de manières qui est le même partout, à une certaine hauteur de société. Je ne sais pas de quel point on était parti pour arriver là ; mais, quand j'entrai, on parlait romans. *Parler romans*, c'est comme si chacun avait parlé de sa vie. Est-il nécessaire d'observer que, dans cette réunion d'hommes et de femmes du monde, on n'avait pas le pédantisme d'agiter la question littéraire ? Le fond des choses, et non la forme, préoccupait. Chacun de ces moralistes supérieurs, de ces praticiens, à divers degrés, de la passion et de la vie, qui cachaient de sérieuses expériences sous des propos légers et des airs détachés, ne voyait alors dans le roman qu'une question de nature humaine, de mœurs et d'histoire. Rien de plus. Mais n'est-ce donc pas tout ?... Du reste, il fallait qu'on eût déjà beaucoup causé sur ce sujet, car les visages avaient cette intensité de physionomie qui dénote un intérêt pendant long-temps excité. Délicatement fouettés les uns par les autres, tous ces esprits avaient leur mousse. Seu-lement, quelques âmes vives – j'en pouvais comp-ter trois ou quatre dans ce salon – se tenaient en silence, les unes le front baissé, les autres l'œil fixé rêveusement aux bagues d'une main étendue sur leurs genoux. Elles cherchaient peut-être à corpo-riser leurs rêveries, ce qui est aussi difficile que de spiritualiser ses sensations. Protégé par la dis-cussion, je me glissai sans être vu derrière le dos éclatant et velouté de la belle comtesse de Dam-naglia, qui mordait du bout de sa lèvre l'extrémité de son éventail replié, tout en écoutant, comme ils écoutaient tous, dans ce monde où savoir écou-ter est un charme. Le jour baissait, un jour rose qui se teignait enfin de noir, comme les vies heu-reuses. On était rangé en cercle et on dessinait, dans la pénombre crépusculaire du salon, comme une guirlande d'hommes et de femmes, dans des poses diverses, négligemment attentives. C'était une espèce de bracelet vivant dont la maîtresse de la maison, avec son profil égyptien, et le lit de repos sur lequel elle est éternellement couchée, comme Cléopâtre, formait l'agrafe. Une croisée ouverte laissait voir un pan du ciel et le balcon où se tenaient quelques personnes. Et l'air était si pur et le quai d'Orsay si profondément silencieux, à ce moment-là, qu'elles ne perdaient pas une syllabe de la voix qu'on entendait dans le salon, malgré les draperies en vénitienne de la fenêtre, qui devaient amortir cette voix sonore et en retenir les ondulations dans leurs plis. Quand j'eus reconnu celui qui parlait, je ne m'étonnai ni de cette attention, – qui n'était plus seulement une grâce octroyée par la grâce... – ni de l'audace de qui gardait ainsi la parole plus longtemps qu'on n'avait coutume de le faire, dans ce salon d'un ton si exquis.

En effet, c'était le plus étincelant causeur de ce royaume de la causerie. Si ce n'est pas son nom voilà son titre ! Pardon. Il en avait encore un autre... La médisance ou la calomnie, ces Ménechmes qui se ressemblent tant qu'on ne peut les reconnaître, et qui écrivent leur gazette à rebours, comme si c'était de l'hébreu (n'en est-ce pas souvent ?), écrivaient en égratignures qu'il avait été le héros de plus d'une aventure qu'il n'eût pas certainement, ce soir-là, voulu raconter.

« ... Les plus beaux romans de la vie, – disait-il, quand je m'établis sur mes coussins de canapé, à l'abri des épaules de la comtesse de Damnaglia, – sont des réalités qu'on a touchées du coude, ou même du pied, en passant. Nous en avons tous vu. Le roman est plus commun que l'histoire. Je ne parle pas de ceux-là qui furent des catastrophes éclatantes, des drames joués par l'audace des sentiments, les plus exaltés à la majestueuse barbe de l'Opinion ; mais à part ces clameurs très rares, faisant scandale dans une société comme la nôtre, qui était hypocrite hier, et qui n'est plus que lâche aujourd'hui, il n'est personne de nous qui n'ait été témoin de ces faits mystérieux de sentiment ou de passion qui perdent toute une destinée, de ces brisements de cœur qui ne rendent qu'un bruit sourd, comme celui d'un corps tombant dans l'abîme caché d'une oubliette, et par-dessus lequel le monde met ses mille voix ou son silence. On peut dire souvent du roman ce que Molière disait de la vertu : "Où diable va-t-il se nicher ?..." Là où on le croit le moins, on le trouve ! Moi qui vous parle, j'ai vu dans mon enfance... non, vu n'est pas le mot ! j'ai deviné, pressenti, un de ces drames cruels, terribles, qui ne se jouent pas en public, quoique le public en voie les acteurs tous les jours ; une de ces *sanglantes comédies*, comme disait Pascal, mais représentées à huis clos, derrière une toile de manœuvre, le rideau de la vie privée et de l'intimité. Ce qui sort de ces drames cachés, étouffés, que j'appellerai presque à *transpiration rentrée*, est plus sinistre, et d'un effet plus poignant sur l'imagination et sur le souvenir, que si le drame tout entier s'était déroulé sous vos yeux. Ce qu'on ne sait pas centuple l'impression de ce qu'on sait. Me trompé-je ? Mais je me figure que l'enfer, vu par un soupirail, devrait être plus effrayant que si, d'un seul et planant regard, on pouvait l'embrasser tout entier. » Ici, il fit une légère pause. Il exprimait un fait tellement humain, d'une telle expérience d'imagination pour ceux qui en ont un peu, que pas un contradicteur ne s'éleva. Tous les visages peignaient la curiosité la plus vive. La jeune Sibylle, qui était pliée en deux aux pieds du lit de repos où s'étendait sa mère, se rapprocha d'elle avec une crispation de terreur comme si l'on eût glissé un aspic entre sa plate poitrine d'enfant et son corset.

« Empêche-le, maman, – dit-elle, avec la familiarité d'une enfant gâtée, élevée pour être une despote, – de nous dire ces atroces histoires qui font frémir.

— Je me tairai, si vous le voulez, mademoiselle Sibylle », – répondit celui qu'elle n'avait pas nommé, dans sa familiarité naïve et presque tendre.

Lui, qui vivait si près de cette jeune âme, en connaissait les curiosités et les peurs ; car, pour toutes choses, elle avait l'espèce d'émotion que l'on a quand on plonge les pieds dans un bain plus froid que la température, et qui coupe l'haleine à mesure qu'on entre dans la saisissante fraîcheur de son eau.

« Sibylle n'a pas la prétention, que je sache, d'imposer silence à mes amis, fit la baronne en caressant la tête de sa fille, si prématurément pensive. Si elle a peur, elle a la ressource de ceux qui ont peur ; elle a la fuite ; elle peut s'en aller. »

Mais la capricieuse fillette, qui avait peut-être autant d'envie de l'histoire que madame sa mère, ne fuit pas, mais redressa son maigre corps, palpitant d'intérêt effrayé, et jeta ses yeux noirs et profonds du côté du narrateur, comme si elle se fût penchée sur un abîme.

« Eh bien ! contez, dit Mlle Sophie de Revistal, en tournant vers lui son grand œil brun baigné de lumière, et qui est si humide encore, quoiqu'il ait pourtant diablement brillé. Tenez, voyez ! ajouta-t-elle avec un geste imperceptible, nous écoutons tous. »

Et il raconta ce qui va suivre. Mais pourrai-je

rappeler, sans l'affaiblir, ce récit, nuancé par la voix et le geste, et surtout faire ressortir le contre-coup de l'impression qu'il produisit sur toutes les personnes rassemblées dans l'atmosphère sympathique de ce salon ?

« J'ai été élevé en province, – dit le narrateur, mis en demeure de raconter, – et dans la maison paternelle. Mon père habitait une bourgade jetée nonchalamment les pieds dans l'eau, au bas d'une montagne, dans un pays que je ne nommerai pas, et près d'une petite ville qu'on reconnaîtra quand j'aurai dit qu'elle est, ou du moins qu'elle était, dans ce temps, la plus profondément et la plus férocement aristocratique de France. Je n'ai, depuis, rien vu de pareil. Ni notre faubourg Saint-Germain, ni la place Bellecour, à Lyon, ni les trois ou quatre grandes villes qu'on cite pour leur esprit d'aristocratie exclusif et hautain, ne pourraient donner une idée de cette petite ville de six mille âmes qui, avant 1789, avait cinquante voitures armoriées, roulant fièrement sur son pavé.

» Il semblait qu'en se retirant de toute la surface du pays, envahi chaque jour par une bourgeoisie insolente, l'aristocratie se fût concentrée là, comme dans le fond d'un creuset, et y jetât, comme un rubis brûlé, le tenace éclat qui tient à la substance même de la pierre, et qui ne disparaîtra qu'avec elle.

» La noblesse de ce nid de nobles, qui mourront ou qui sont morts peut-être dans ces préjugés que j'appelle, moi, de sublimes vérités sociales, était incompatible comme Dieu. Elle ne connaissait pas

Le Dessous de cartes d'une partie de whist 19

l'ignominie de toutes les noblesses, la monstruo-
sité des mésalliances.

» Les filles, ruinées par la Révolution, mou-
raient stoïquement vieilles et vierges, appuyées
sur leurs écussons qui leur suffisaient contre
tout. Ma puberté s'est embrasée à la réverbéra-
tion ardente de ces belles et charmantes jeunesses
qui savaient leur beauté inutile, qui sentaient que
le flot de sang qui battait dans leurs cœurs et teignait d'incarnat leurs joues sérieuses, bouillonnait
vainement.

» Mes treize ans ont rêvé les dévouements les
plus romanesques devant ces filles pauvres qui
n'avaient plus que la couronne fermée de leurs
blasons pour toute fortune, majestueusement
tristes, dès leurs premiers pas dans la vie, comme
il convient à des condamnées du Destin. Hors de
son sein, cette noblesse, pure comme l'eau des
roches, ne voyait personne.

» "Comment voulez-vous, – disaient-ils, – que
nous voyions tous ces bourgeois dont les pères
ont donné des assiettes aux nôtres ?"

» Ils avaient raison ; c'était impossible, car, pour
cette petite ville, c'était vrai. On comprend l'af-
franchissement, à de grandes distances ; mais, sur
un terrain grand comme un mouchoir, les races
se séparent par leur rapprochement même. Ils se
voyaient donc entre eux, et ne voyaient qu'eux et
quelques Anglais.

» Car les Anglais étaient attirés par cette petite
ville qui leur rappelait certains endroits de leurs
comtés. Ils l'aimaient pour son silence, pour sa
tenue rigide, pour l'élévation froide de ses habi-

tudes, pour les quatre pas qui la séparaient de la mer qui les avait apportés, et aussi pour la possibilité d'y doubler, par le bas prix des choses, le revenu insuffisant des fortunes médiocres dans leur pays.

» Fils de la même barque de pirates que les Normands, à leurs yeux c'était une espèce de *Continental England* que cette ville normande, et ils y faisaient de longs séjours.

» Les petites *miss* y apprenaient le français en poussant leur cerceau sous les grêles tilleuls de la place d'armes ; mais, vers dix-huit ans, elles s'envolaient en Angleterre, car cette noblesse ruinée ne pouvait guères se permettre le luxe dangereux d'épouser des filles qui n'ont qu'une simple dot, comme les Anglaises. Elles partaient donc, mais d'autres migrations venaient bientôt s'établir dans leurs demeures abandonnées, et les rues silencieuses, où l'herbe poussait comme à Versailles, avaient toujours à peu près le même nombre de promeneuses à voile vert, à robe à carreaux, et à plaid écossais. Excepté ces séjours, en moyenne de sept à dix ans, que faisaient ces familles anglaises, presque toutes renouvelées à de si longs intervalles, rien ne rompait la monotonie d'existence de la petite ville dont il est question. Cette monotonie était effroyable.

» On a souvent parlé – et que n'a-t-on point dit ! – du cercle étroit dans lequel tourne la vie de province ; mais ici cette vie, pauvre partout en événements, l'était d'autant plus que les passions de classe à classe, les antagonismes de vanité, n'existaient pas comme dans une foule de petits

Le Dessous de cartes d'une partie de whist   21

endroits, où les jalousies, les haines, les blessures d'amour-propre, entretiennent une fermentation sourde qui éclate parfois dans quelque scandale, dans quelque noirceur, dans une de ces bonnes petites scélératesses sociales pour lesquelles il n'y a pas de tribunaux.

» Ici, la démarcation était si profonde, si épaisse, si infranchissable, entre ce qui était noble et ce qui ne l'était pas, que toute lutte entre la noblesse et la roture était impossible.

» En effet, pour que la lutte existe, il faut un terrain commun et un engagement, et il n'y en avait pas. Le diable, comme on dit, n'y perdait rien, sans doute.

» Dans le fond du cœur de ces bourgeois dont les pères *avaient donné des assiettes*, dans ces têtes de fils de domestiques, affranchis et enrichis, il y avait des cloaques de haine et d'envie, et ces cloaques élevaient souvent leur vapeur et leur bruit d'égout contre ces nobles, qui les avaient entièrement sortis de l'orbe de leur attention et de leur rayon visuel, depuis qu'ils avaient quitté leurs livrées.

» Mais tout cela n'atteignait pas ces patriciens distraits dans la forteresse de leurs hôtels, qui ne s'ouvraient qu'à leurs égaux, et pour qui la vie finissait à la limite de leur caste. Qu'importait ce qu'on disait d'eux, plus bas qu'eux ?... Ils ne l'entendaient pas. Les jeunes gens qui auraient pu s'insulter, se prendre de querelle, ne se rencontraient point dans les lieux publics, qui sont des arènes chauffées à rouge par la présence et les yeux des femmes.

» Il n'y avait pas de spectacle. La salle manquant, jamais il ne passait de comédiens. Les cafés, ignobles comme des cafés de province, ne voyaient guère autour de leurs billards que ce qu'il y avait de plus abaissé parmi la bourgeoisie, quelques mauvais sujets tapageurs et quelques officiers en retraite, débris fatigués des guerres de l'Empire. D'ailleurs, quoique enragés d'égalité blessée (ce sentiment qui, à lui seul, explique les horreurs de la Révolution), ces bourgeois avaient gardé, malgré eux, la superstition des respects qu'ils n'avaient plus.

» Le respect des peuples ressemble un peu à cette sainte Ampoule, dont on s'est moqué avec une bêtise de tant d'esprit. Lorsqu'il n'y en a plus, il y en a encore. Le fils du bimbelotier déclame contre l'inégalité des rangs ; mais, seul, il n'ira point traverser la place publique de sa ville natale, où tout le monde se connaît et où l'on vit depuis l'enfance, pour insulter de gaieté de cœur le fils d'un Clamorgan-Taillefer, par exemple, qui passe donnant le bras à sa sœur. Il aurait la ville contre lui. Comme toutes les choses haïes et enviées, la naissance exerce physiquement sur ceux qui la détestent une action qui est peut-être la meilleure preuve de son droit. Dans les temps de révolution, on réagit contre elle, ce qui est la subir encore ; mais dans les temps calmes, on la subit tout au long.

» Or, on était dans une de ces périodes tranquilles, en 182... Le libéralisme, qui croissait à l'ombre de la Charte constitutionnelle comme les chiens de la lice grandissaient dans leur chenil

Le Dessous de cartes d'une partie de whist 23

d'emprunt, n'avait pas encore étouffé un roya-
lisme que le passage des Princes, revenant de
l'exil, avait remué dans tous les cœurs jusqu'à
l'enthousiasme. Cette époque, quoi qu'on ait dit,
fut un moment superbe pour la France, convales-
cente monarchique, à qui le couperet des révolu-
tions avait tranché les mamelles, mais qui, pleine
d'espérance, croyait pouvoir vivre ainsi, et ne sentait pas dans ses veines les germes mystérieux du
cancer qui l'avait déjà déchirée, et qui, plus tard,
devra la tuer.

» Pour la petite ville que j'essaie de vous faire
connaître, ce fut un moment de paix profonde et
concentrée. Une mission qui venait de se clore
avait, dans la société noble, engourdi le dernier
symptôme de la vie, l'agitation et les plaisirs de
la jeunesse. On ne dansait plus. Les bals étaient
proscrits comme une perdition. Les jeunes filles
portaient des croix de mission sur leurs gorge-
rettes, et formaient des associations religieuses
sous la direction d'une présidente. On tendait
au *grave*, à faire mourir de rire, si l'on avait osé.
Quand les quatre tables de whist étaient établies
pour les douairières et les vieux gentilshommes,
et les deux tables d'écarté pour les jeunes gens,
ces demoiselles se plaçaient, comme à l'église,
dans leurs chapelles où elles étaient séparées des
hommes, et elles formaient, dans un angle du
salon, un groupe silencieux… pour leur sexe (car
tout est relatif), chuchotant au plus quand elles
parlaient, mais bâillant *en dedans* à se rougir les
yeux, et contrastant par leur tenue un peu droite
avec la souplesse pliante de leurs tailles, le rose et

le lilas de leurs robes, et la folâtre légèreté de leurs
pèlerines de blonde et de leurs rubans. »

II

« La seule chose, – continua le conteur de cette
histoire où tout est vrai et *réel* comme la petite ville
où elle s'est passée, et qu'il avait peinte si *ressem-
blante* que quelqu'un, moins discret que lui, venait
d'en prononcer le nom ; – la seule chose qui eût,
je ne dirai pas la physionomie d'une passion, mais
enfin qui ressemblât à du mouvement, à du désir,
à de l'intensité de sensation, dans cette société singulière où les jeunes filles avaient quatre-vingts
ans d'ennui dans leurs âmes limpides et introu-
blées, c'était le jeu, la dernière passion des âmes
usées.

» Le jeu, c'était la grande affaire de ces anciens
nobles, taillés dans le patron des grands seigneurs,
et désœuvrés comme de vieilles femmes aveugles.
Ils jouaient comme des Normands, des aïeux d'Anglais, la nation la plus joueuse du monde. Leur
parenté de race avec les Anglais, l'émigration
en Angleterre, la dignité de ce jeu, silencieux et
contenu comme la grande diplomatie, leur avaient
fait adopter le whist. C'était le whist qu'ils avaient
jeté, pour le combler, dans l'abîme sans fond de
leurs jours vides. Ils le jouaient après leur dîner,
tous les soirs, jusqu'à minuit ou une heure du
matin, ce qui est une vraie saturnale pour la pro-

Le Dessous de cartes d'une partie de whist 25

vince. Il y avait la partie du marquis de Saint-Albans, qui était l'événement de chaque journée. Le marquis semblait être le seigneur féodal de tous ces nobles, et ils l'entouraient de cette considération respectueuse qui vaut une auréole, quand ceux qui la témoignent la méritent.

» Le marquis était très fort au whist. Il avait soixante-dix-neuf ans. Avec qui n'avait-il pas joué ?... Il avait joué avec Maurepas, avec le comte d'Artois lui-même, habile au whist comme à la paume, avec le prince de Polignac, avec l'évêque Louis de Rohan, avec Cagliostro, avec le prince de la Lippe, avec Fox, avec Dundas, avec Sheridan, avec le prince de Galles, avec Talleyrand, avec le Diable, quand il se donnait à tous les diables, aux plus mauvais jours de l'émigration. Il lui fallait donc des adversaires dignes de lui. D'ordinaire, les Anglais reçus par la noblesse fournissaient leur contingent de forces à cette partie, dont on parlait comme d'une institution et qu'on appelait le whist de M. de Saint-Albans, comme on aurait dit ; à la cour, le whist du Roi.

» Un soir, chez Mme de Beaumont, les tables vertes étaient dressées ; on attendait un Anglais, un M. Hartford, pour la partie du grand marquis. Cet Anglais était une espèce d'industriel qui faisait aller une manufacture de coton au Pont-aux-Arches, – par parenthèse, une des premières manufactures qu'on eût vues dans ce pays dur à l'innovation, non par ignorance ou par difficulté de comprendre, mais par cette prudence qui est le caractère distinctif de la race normande. – Permettez-moi encore une parenthèse : Les Normands me font toujours l'effet de ce renard si fort en sorite dans Montaigne. Où ils mettent la patte, on est sûr que la rivière est bien prise, et qu'ils peuvent, de cette puissante patte, appuyer.

» Mais, pour en revenir à notre Anglais, à ce M. Hartford, – que les jeunes gens appelaient *Hartford* tout court, quoique cinquante ans fussent bien sonnés sur le timbre d'argent de sa tête, que je vois encore avec ses cheveux ras et luisants comme une calotte de soie blanche, – il était un des favoris du marquis. Quoi d'étonnant ? C'était un joueur de la grande espèce, un homme dont la vie (véritable fantasmagorie d'ailleurs) n'avait de signification et de réalité que quand il tenait des cartes, un homme, enfin, qui répétait sans cesse que le premier bonheur était de gagner au jeu, et que le second était d'y perdre : magnifique axiome qu'il avait pris à Sheridan, mais qu'il appliquait de manière à se faire absoudre de l'avoir pris. Du reste, à ce vice du jeu près (en considération duquel le marquis de Saint-Albans lui eût pardonné les plus éminentes vertus), M. Hartford passait pour avoir toutes les qualités pharisaïques et protestantes que les Anglais sous-entendent dans le confortable mot d'*honorability*. On le considérait comme un parfait gentleman. Le marquis l'amenait passer des huitaines à son château de la Vanillière, mais à la ville il le voyait tous les soirs. Ce soir-là donc, on s'étonnait, et le marquis lui-même, que l'exact et scrupuleux étranger fût en retard...

» On était en août. Les fenêtres étaient ouvertes sur un de ces beaux jardins comme il n'y en a

Le Dessous de cartes d'une partie de whist   27

qu'en province, et les jeunes filles, massées dans les embrasures, causaient entre elles, le front penché sur leurs festons. Le marquis, assis devant la table de jeu, fronçait ses longs sourcils blancs. Il avait les coudes appuyés sur la table. Ses mains, d'une beauté sénile, jointes sous son menton, soutenaient son imposante figure étonnée d'attendre, comme celle de Louis XIV, dont il avait la majesté. Un domestique annonça enfin M. Hartford. Il parut, dans sa tenue irréprochable accoutumée, linge éblouissant de blancheur, bagues à tous les doigts, comme nous en avons vu depuis à M. Bulwer, un foulard des Indes à la main, et sur les lèvres (car il venait de dîner) la pastille parfumée qui voilait les vapeurs des essences d'anchois, de l'*harvey-sauce* et du porto.

» Mais il n'était pas seul. Il alla saluer le marquis et lui présenta, comme un bouclier contre tout reproche, un Écossais de ses amis, M. Marmor de Karkoël, qui lui était tombé à la manière d'une bombe, pendant son dîner, et qui était le meilleur joueur de whist des Trois Royaumes.

» Cette circonstance, d'être le meilleur *whisteur* de la triple Angleterre, étendit un sourire charmant sur les lèvres pâles du marquis. La partie fut aussitôt constituée. Dans son empressement à se mettre au jeu, M. de Karkoël n'ôta pas ses gants, qui rappelaient par leur perfection ces célèbres gants de Bryan Brummell, coupés par trois ouvriers spéciaux, deux pour la main et un pour le pouce. Il fut le partner de M. de Saint-Albans. La douairière de Hautcardon, qui avait cette place, la lui céda.

» Or, ce Marmor de Karkoël, Mesdames, était,

pour la tournure, un homme de vingt-huit ans à peu près ; mais un soleil brûlant, des fatigues ignorées, ou des passions peut-être, avaient attaché sur sa face le masque d'un homme de trente-cinq. Il n'était pas beau, mais il était expressif. Ses cheveux étaient noirs, très durs, droits, un peu courts, et sa main les écartait souvent de ses tempes et les rejetait en arrière. Il y avait dans ce mouvement une véritable, mais sinistre éloquence de geste. Il semblait écarter un remords. Cela frappait d'abord, et, comme les choses profondes, cela frappait toujours.

» J'ai connu pendant plusieurs années ce Karkoël, et je puis assurer que ce sombre geste, répété dix fois dans une heure, produisait toujours son effet et faisait venir dans l'esprit de cent personnes la même pensée. Son front régulier, mais bas, avait de l'audace. Sa lèvre rasée (on ne portait pas alors de moustaches comme aujourd'hui) était d'une immobilité à désespérer Lavater, et tous ceux qui croient que le secret de la nature d'un homme est mieux écrit dans les lignes mobiles de sa bouche que dans l'expression de ses yeux. Quand il souriait, son regard ne souriait pas, et il montrait des dents d'un émail de perles, comme ces Anglais, fils de la mer, en ont parfois pour les perdre ou les noircir, à la manière chinoise, dans les flots de leur affreux thé. Son visage était long, creusé aux joues, d'une certaine couleur olive qui lui était naturelle, mais chaudement hâlé, par-dessus, des rayons d'un soleil qui, pour l'avoir si bien mordu, n'avait pas dû être le soleil émoussé de la vaporeuse Angleterre. Un nez long et droit,

Le Dessous de cartes d'une partie de whist   29

mais qui dépassait la courbe du front, partageait ses deux yeux noirs à la Macbeth, encore plus sombres que noirs et très rapprochés, ce qui est, dit-on, la marque d'un caractère extravagant ou de quelque insanité intellectuelle. Sa mise avait de la recherche. Assis nonchalamment comme il était là, à cette table de whist, il paraissait plus grand qu'il n'était réellement, par un léger manque de proportion dans son buste, car il était petit ; mais, au défaut près que je viens de signaler, très bien fait et d'une vigueur de souplesse endormie, comme celle du tigre dans sa peau de velours. Parlait-il bien le français ? La voix, ce ciseau d'or avec lequel nous sculptons nos pensées dans l'âme de ceux qui nous écoutent et y gravons la séduction, l'avait-il *harmonique* à ce geste que je ne puis me rappeler aujourd'hui sans en rêver ? Ce qu'il y a de certain, c'est que, ce soir-là, elle ne fit tressaillir personne. Elle ne prononça, dans un diapason fort ordinaire, que les mots sacramentels de *tricks* et *d'honneurs*, les seules expressions qui, au whist, coupent à d'égaux intervalles l'auguste silence au fond duquel on joue enveloppé.

» Ainsi, dans ce vaste salon plein de gens pour qui l'arrivée d'un Anglais était une circonstance peu exceptionnelle, personne, excepté la table du marquis, ne prit garde à ce *whisteur* inconnu, remorqué par Hartford. Les jeunes filles ne retournèrent pas seulement la tête par-dessus l'épaule pour le voir. Elles étaient à discuter (on commençait à discuter dès ce temps-là) la composition du bureau de leur congrégation et la démission d'une des vice-présidentes qui n'était pas ce jour-là chez

Mme de Beaumont. C'était un peu plus important que de regarder un Anglais ou un Écossais. Elles étaient un peu blasées sur ces éternelles importations d'Anglais et d'Écossais. Un homme qui, comme les autres, ne s'occuperait que des dames de carreau et de trèfle ! Un protestant, d'ailleurs ! un hérétique ! Encore, si c'eût été un lord catholique d'Irlande ! Quant aux personnes âgées, qui jouaient déjà aux autres tables lorsqu'on annonça M. Hartford, elles jetèrent un regard distrait sur l'étranger qui le suivait et se replongèrent, de toute leur attention, dans leurs cartes, comme des cygnes plongent dans l'eau de toute la longueur de leurs cous.

» M. de Karkoël ayant été choisi pour le partner du marquis de Saint-Albans, la personne qui jouait en face de M. Hartford était la comtesse du Tremblay de Stasseville, dont la fille Herminie, la plus suave fleur de cette jeunesse qui s'épanouissait dans les embrasures du salon, parlait alors à Mlle Ernestine de Beaumont. Par hasard, les yeux de Mlle Herminie se trouvaient dans la direction de la table où jouait sa mère.

» "Regardez, Ernestine, fit-elle à demi-voix, comme cet Écossais donne !"

» M. de Karkoël venait de se déganter. Il avait tiré de leur étui de chamois parfumé, des mains blanches et bien sculptées, à faire la religion d'une petite maîtresse qui les aurait eues, et il donnait les cartes comme on les donne au whist, une à une, mais avec un mouvement circulaire d'une rapidité si prodigieuse, que cela étonnait comme le doigté de Liszt. L'homme qui maniait les cartes

Le Dessous de cartes d'une partie de whist   31

ainsi devait être leur maître... Il y avait dix ans de tripot dans cette foudroyante et augurale manière de donner.

» "C'est la difficulté vaincue dans le mauvais ton, – dit la hautaine Ernestine, de sa lèvre la plus dédaigneuse, – mais le mauvais ton est vainqueur !"

» Dur jugement pour une si jeune demoiselle ; mais, avoir *bon ton* était plus pour cette jolie tête-là que d'avoir l'esprit de Voltaire. Elle a manqué sa destinée, Mlle Ernestine de Beaumont, et elle a dû mourir de chagrin de n'être pas la *camerera mayor* d'une reine d'Espagne.

» La manière de jouer de Marmor de Karkoël fit équation avec cette donne merveilleuse. Il montra une supériorité qui enivra de plaisir le vieux marquis, car il éleva la manière de jouer de l'ancien partner de Fox, et l'enleva jusqu'à la sienne. Toute supériorité quelconque est une séduction irrésistible, qui procède par rapt et vous emporte dans son orbite. Mais ce n'est pas tout. Elle vous féconde en vous emportant. Voyez les grands causeurs ! ils donnent la réplique, et ils l'inspirent. Quand ils ne causent plus, les sots, privés du rayon qui les dora, reviennent, ternes, à fleur d'eau de conversation, comme des poissons morts retournés qui montrent un ventre sans écailles. M. de Karkoël fit bien plus que d'apporter une sensation nouvelle à un homme qui les avait épuisées : il augmenta l'idée que le marquis avait de lui-même, il couronna d'une pierre de plus l'obélisque, depuis longtemps mesuré, que ce roi du whist s'était élevé dans les discrètes solitudes de son orgueil.

» Malgré l'émotion qui le rajeunissait, le marquis observa l'étranger pendant la partie, du fond de cette *patte d'oie* (comme nous disons de la griffe du Temps, pour lui payer son insolence de nous la mettre sur la figure) qui bridait ses yeux spirituels. L'Écossais ne pouvait être goûté, apprécié, dégusté, que par un joueur d'une très grande force. Il avait cette attention profonde, réfléchie, qui se creuse en combinaisons sous les rencontres du jeu, et il la voilait d'une impassibilité superbe. À côté de lui, les sphinx accroupis dans la lave de leur basalte auraient semblé les statues des Génies de la confiance et de l'expansion. Il jouait comme s'il eût joué avec trois paires de mains qui eussent tenu les cartes, sans s'inquiéter de savoir à qui ces mains appartenaient. Les dernières brises de cette soirée d'août déferlaient en vagues de souffles et de parfums sur ces trente chevelures de jeunes filles, nu-tête, pour arriver chargées de nouveaux parfums et d'effluves virginales, prises à ce champ de têtes radieuses, et se briser contre ce front cuivré large et bas, écueil de marbre humain qui ne faisait pas un seul pli. Il ne s'en apercevait même pas. Ses nerfs étaient muets. En cet instant, il faut l'avouer, il portait bien son nom de Marmor ! Inutile de dire qu'il gagna.

» Le marquis se retirait toujours vers minuit. Il fut reconduit par l'obséquieux Hartford, qui lui donna le bras jusqu'à sa voiture.

» "C'est le dieu du *chelem* (*slam*) que ce Karkoël ! lui dit-il, avec la surprise de l'enchantement ; arrangez-vous pour qu'il ne nous quitte pas de si tôt."

Le Dessous de cartes d'une partie de whist   33

» Hartford le promit et le vieux marquis, malgré son âge et son sexe, se prépara à jouer le rôle d'une sirène d'hospitalité.

» Je me suis arrêté sur cette première soirée d'un séjour qui dura plusieurs années. Je n'y étais pas ; mais elle m'a été racontée par un de mes parents plus âgé que moi, et qui, joueur comme tous les jeunes gens de cette petite ville où le jeu était l'unique ressource qu'on eût, dans cette famine de toutes les passions, se prit de goût pour le dieu du *chelem*. Revue en se retournant et avec des impressions rétrospectives qui ont leur magie, cette soirée, d'une prose commune et si connue, une partie de whist gagnée, prendra des proportions qui pourront peut-être vous étonner. – La quatrième personne de cette partie, la comtesse de Stasseville, ajoutait mon parent, perdit son argent avec l'indifférence aristocratique qu'elle mettait à tout. Peut-être fut-ce de cette partie de whist que son sort fut décidé, là où se font les destinées. Qui comprend un seul mot à ce mystère de la vie ?... Personne n'avait alors d'intérêt à observer la comtesse. Le salon ne fermentait que du bruit des jetons et des fiches... Il aurait été curieux de surprendre dans cette femme, jugée alors et rejugée un glaçon poli et coupant, si ce qu'on a cru depuis et répété tout bas avec épouvante, a daté de ce moment-là.

» La comtesse du Tremblay de Stasseville était une femme de quarante ans, d'une très faible santé, pâle et mince, mais d'un mince et d'un pâle que je n'ai vus qu'à elle. Son nez bourbonien, un peu pincé, ses cheveux châtain clair, ses lèvres très fines, annonçaient une femme de race, mais chez qui la fierté peut devenir aisément cruelle. Sa pâleur teintée de soufre était maladive.

» Elle se fût nommée Constance, – disait Mlle Ernestine de Beaumont, qui ramassait des épigrammes jusque dans Gibbon, – qu'on eût pu l'appeler Constance Chlore.

» Pour qui connaissait le genre d'esprit de Mlle de Beaumont, on était libre de mettre une atroce intention dans ce mot. Malgré sa pâleur, cependant, malgré la couleur hortensia passé des lèvres de la comtesse du Tremblay de Stasseville, il y avait pour l'observateur avisé, précisément dans ces lèvres à peine marquées, ténues et vibrantes comme la cordelette d'un arc, une effrayante physionomie de fougue réprimée et de volonté. La société de province ne le voyait pas. Elle ne voyait, elle, dans la rigidité de cette lèvre étroite et meurtrière, que le fil d'acier sur lequel dansait incessamment la flèche barbelée de l'épigramme. Des yeux pers (car la comtesse portait de sinople, étincelé d'or, dans son regard comme dans ses armes) couronnaient, comme deux étoiles fixes, ce visage sans le réchauffer. Ces deux émeraudes, striées de jaune, enchâssées sous les sourcils blonds et fades de ce front busqué, étaient aussi froides que si on les avait retirées du ventre et du frai du poisson de Polycrate. L'esprit seul, un esprit brillant, damasquiné et affilé comme une épée, allumait parfois dans ce regard vitrifié les éclairs de ce *glaive qui tourne* dont parle la Bible. Les femmes haïssaient cet esprit dans la comtesse du Tremblay, comme s'il avait été de la beauté. Et, en effet, c'était la

Le Dessous de cartes d'une partie de whist   35

sienne ! Comme Mlle de Retz, dont le cardinal a
laissé un portrait d'amant qui s'est débarbouillé
les yeux des dernières badauderies de sa jeunesse,
elle avait un défaut à la taille, qui pouvait à la
rigueur passer pour un vice. Sa fortune était consi-
dérable. Son mari, mourant, l'avait laissée très peu
chargée de deux enfants : un petit garçon, bête à
ravir, confié aux soins très paternels et très inu-
tiles d'un vieil abbé qui ne lui apprenait rien, et
sa fille Herminie, dont la beauté aurait été admirée dans les cercles les plus difficiles et les plus
artistes de Paris. Quant à sa fille, elle l'avait élevée
irréprochablement, au point de vue de l'éducation
officielle. L'irréprochable de Mme de Stasseville
ressemblait toujours un peu à de l'impertinence.
Elle en faisait une jusque de sa vertu, et qui sait si
ce n'était pas son unique raison pour y tenir ? Toujours est-il qu'elle était vertueuse ; sa réputation
défiait la calomnie. Aucune dent de serpent ne
s'était usée sur cette lime. Aussi, de regret forcené
de n'avoir pu l'entamer, on s'épuisait à l'accuser
de froideur. Cela tenait, sans nul doute, disait-on
(on raisonnait, on faisait de la science !), à la déco-
loration de son sang. Pour peu qu'on eût poussé
ses meilleures amies, elles lui auraient découvert
dans le cœur la certaine barre *historique* qu'on
avait inventée contre une femme bien charmante
et bien célèbre du siècle dernier, afin d'expliquer
qu'elle eût laissé toute l'Europe élégante à ses
pieds, pendant dix ans, sans la faire monter d'un
cran plus haut. »

   Le conteur sauva par la gaieté de son accent le
vif de ces dernières paroles, qui causèrent comme

un joli petit mouvement de pruderie offensée. Et, je dis, pruderie sans humeur, car la pruderie des femmes bien nées, qui n'affectent rien, est quelque chose de très gracieux. Le jour était si tombé, d'ailleurs, qu'on sentit plutôt ce mouvement qu'on ne le vit.

« Sur ma parole, c'était bien ce que vous dites, cette comtesse de Stasseville, – fit, en bégayant, selon son usage, le vieux vicomte de Rassy, bossu et bègue, et spirituel comme s'il avait été boiteux par-dessus le marché. Qui ne connaît pas à Paris le vicomte de Rassy, ce *memorandum* encore vivant des petites corruptions du XVIIIe siècle ? Beau de visage dans sa jeunesse comme le maréchal de Luxembourg, il avait, comme lui, son revers de médaille, mais le revers seul de la médaille lui était resté. Quant à l'effigie, où l'avait-il laissée ?... Lorsque les jeunes gens de ce temps le surprenaient dans quelque anachronisme de conduite, il disait que, du moins, il ne souillait pas ses cheveux blancs, car il portait une perruque châtain à la Ninon, avec une raie de chair factice, et les plus incroyables et indescriptibles tire-bouchons !

— Ah ! vous l'avez connue ? – dit le narrateur interrompu. – Eh bien ! vous savez, vicomte, si je surfais d'un mot la vérité.

— C'est calqué à la vitre, votre po... ortrait, – répondit le vicomte en se donnant un léger soufflet sur la joue, par impatience de bégayer, et au risque de faire tomber les grains du rouge qu'on dit qu'il met, comme il fait tout, sans nulle pudeur. – Je l'ai connue à... à... peu près au temps

Le Dessous de cartes d'une partie de whist   37

de votre histoire. Elle venait à Paris tous les hivers pour quelques jours. Je la rencontrais chez la princesse de Cou... ourt... tenay, dont elle était un peu parente. C'était de l'esprit servi dans sa glace, une femme froide à vous faire tousser.

— Excepté ces quelques jours passés par hiver à Paris, – reprit l'audacieux conteur, qui ne mettait même pas à ses personnages le demi-masque d'Arlequin, – la vie de la comtesse du Tremblay de Stasseville était réglée comme le papier de cette ennuyeuse musique qu'on appelle l'existence d'une femme comme il faut, en province. Elle était, six mois de l'année, au fond de son hôtel, dans la ville que je vous ai *décrite au moral*, et elle troquait, pendant les autres six mois, ce fond d'hôtel pour un fond de château, dans une belle terre qu'elle avait à quatre lieues de là. Tous les deux ans, elle conduisait à Paris sa fille, – qu'elle laissait à une vieille tante, Mlle de Triflevas, quand elle y allait seule, – au commencement de l'hiver ; mais jamais de Spa, de Plombières, de Pyrénées ! On ne la voyait point aux eaux. Était-ce de peur des médisants ? En province, quand une femme seule, dans la position de Mme de Stasseville, va prendre les eaux si loin, que ne croit-on pas ?... que ne soupçonne-t-on pas ? L'envie de ceux qui restent se venge, à sa façon, du plaisir de ceux qui voyagent. De singuliers airs viennent, comme des drôles de souffles, rider la pureté de ces eaux. Est-ce le fleuve Jaune, ou le fleuve Bleu sur lequel on expose les enfants, en Chine ?... Les eaux, en France, ressemblent un peu à ce fleuve-là. Si ce n'est pas un enfant, on y expose toujours quelque chose aux yeux de ceux qui n'y vont pas. La moqueuse comtesse du Tremblay était bien fière pour sacrifier un seul de ses caprices à l'opinion ; mais elle n'avait point celui des eaux ; et son médecin l'aimait mieux auprès de lui qu'à deux cents lieues, car, à deux cents lieues, les chattemites visites à dix francs ne peuvent pas beaucoup se multiplier. C'était une question, d'ailleurs, que de savoir si la comtesse avait des caprices quelconques. L'esprit n'est pas l'imagination. Le sien était si net, si tranchant, si positif, même dans la plaisanterie, qu'il excluait tout naturellement l'idée de caprice. Quand il était gai (ce qui était rare), il sonnait si bien ce son vibrant de castagnettes d'ébène ou de tambour de basque, toute peau tendue et grelots de métal, qu'on ne pouvait pas s'imaginer qu'il y eût jamais dans cette tête sèche, en *dos*, non ! mais en *fil de couteau*, rien qui rappelât la fantaisie, rien qui pût être pris pour une de ces curiosités rêveuses, lesquelles engendrent le besoin de quitter sa place et de s'en aller où l'on n'était pas. Depuis dix ans qu'elle était riche et veuve, maîtresse d'elle-même par conséquent, et de bien des choses, elle aurait pu transporter sa vie immobile fort loin de ce trou à nobles, où ses soirées se passaient à jouer le boston et le whist avec de vieilles filles qui avaient vu la Chouannerie, et de vieux chevaliers, héros inconnus, qui avaient délivré Destouches.

» Elle aurait pu, comme lord Byron, parcourir le monde avec une bibliothèque, une cuisine et une volière dans sa voiture ; mais elle n'en avait pas eu la moindre envie. Elle était mieux qu'indolente ; elle était indifférente ; aussi indifférente que Marmor de Karkoël quand il jouait au whist. Seulement, Marmor n'était pas indifférent au whist même, et dans sa vie, à elle, il n'y avait point de whist : tout était égal ! C'était une nature stagnante, une espèce de *femme-dandy*, auraient dit les Anglais. Hors l'épigramme, elle n'existait qu'à l'état de larve élégante. « Elle est de la race des animaux à sang blanc », répétait son médecin dans le tuyau de l'oreille, croyant l'expliquer par une image, comme on expliquerait une maladie par un symptôme. Quoiqu'elle eût l'air malade, le médecin dépaysé niait la maladie. Était-ce haute discrétion ? ou bien réellement ne la voyait-il pas ? Jamais elle ne se plaignait ni de son corps ni de son âme. Elle n'avait pas même cette ombre presque physique de mélancolie, étendue d'ordinaire sur le front meurtri des femmes qui ont quarante ans. Ses jours se détachaient d'elle et ne s'en arrachaient pas. Elle les voyait tomber de ce regard d'Ondine, glauque et moqueur, dont elle regardait toutes choses. Elle semblait mentir à sa réputation de femme spirituelle, en ne nuançant sa conduite d'aucune de ces manières d'être personnelles, appelées des excentricités. Elle faisait naturellement, simplement, tout ce que faisaient les autres femmes dans sa société, et ni plus ni moins. Elle voulait prouver que l'égalité, cette chimère des vilains, n'existe vraiment qu'entre nobles. Là seulement sont les pairs, car la distinction de la naissance, les quatre générations de noblesse nécessaires pour être gentilhomme, sont un niveau. « Je ne suis que le premier gentilhomme de France, disait Henri IV, et par ce mot, il mettait les prétentions de chacun aux pieds de la distinction de tous. Comme les autres femmes de sa caste, qu'elle était trop aristocratique pour vouloir primer, la comtesse remplissait ses devoirs extérieurs de religion et de monde avec une exacte sobriété, qui est la convenance suprême dans ce monde où tous les enthousiasmes sont sévèrement défendus. Elle ne restait pas en deçà ni n'allait au-delà de sa société. Avait-elle accepté en se domptant la vie monotone de cette ville de province où s'était tari ce qui lui restait de jeunesse, comme une eau dormante sous des nénuphars ? Ses motifs pour agir, motifs de raison, de conscience, d'instinct, de réflexion, de tempérament, de goût, tous ces flambeaux intérieurs qui jettent leur lumière sur nos actes, ne projetaient pas de lueurs sur les siens. Rien du dedans n'éclairait les dehors de cette femme. Rien du dehors ne se répercutait au-dedans ! Fatigués d'avoir guetté si longtemps sans rien voir dans Mme de Stasseville, les gens de province, qui ont pourtant une patience de pri-sonnier ou de pêcheur à la ligne, quand ils veulent découvrir quelque chose, avaient fini par aban-donner ce casse-tête, comme on jette derrière un coffre un manuscrit qu'il aurait été impossible de déchiffrer.

» "Nous sommes bien bêtes, – avait dit un soir, dogmatiquement, la comtesse de Hautcardon, – et cela remontait à plusieurs années, – de nous donner un tel *tintouin* pour savoir ce qu'il y

Le Dessous de cartes d'une partie de whist   41

a dans le fond de l'âme de cette femme : probablement il n'y a rien !" »

III

« Et cette opinion de la douairière de Hautcardon avait été acceptée. Elle avait eu force de loi
sur tous ces esprits dépités et désappointés de
l'inutilité de leurs observations, et qui ne cherchaient qu'une raison pour se rendormir. Cette
opinion régnait encore, mais à la manière des rois
fainéants, quand Marmor de Karkoël, l'homme
peut-être qui devait le moins se rencontrer dans la
vie de la comtesse du Tremblay de Stasseville, vint
du bout du monde s'asseoir à cette table verte où
il manquait un partner. Il était né, racontait son
cornac Hartford, dans les montagnes de brume
des îles Shetland. Il était du pays où se passe la
sublime histoire de Walter Scott, cette réalité du
Pirate que Marmor allait reprendre en sous-œuvre,
avec des variantes, dans une petite ville ignorée
des côtes de la Manche. Il avait été élevé aux bords
de cette mer sillonnée par le vaisseau de Cleveland. Tout jeune, il avait dansé les danses du jeune
Mordaunt avec les filles du vieux Troil. Il les avait
retenues, et plus d'une fois il les a dansées devant
moi sur la feuille en chêne des parquets de cette
petite ville prosaïque, mais digne, qui juraient avec
la poésie sauvage et bizarre de ces danses hyper-
boréennes. À quinze ans, on lui avait acheté une

lieutenance dans un régiment anglais qui allait aux Indes, et pendant douze ans il s'y était battu contre les Marattes. Voilà ce qu'on apprit bientôt de lui et de Hartford, et aussi qu'il était gentil-homme, parent des fameux Douglas d'Écosse *au cœur sanglant*. Mais ce fut tout. Pour le reste, on l'ignorait, et on devait l'ignorer toujours. Ses aven-tures aux Indes, dans ce pays grandiose et terrible où les hommes dilatés apprennent des manières de respirer auxquelles l'air de l'Occident ne suffit plus, il ne les raconta jamais. Elles étaient tracées en caractères mystérieux sur le couvercle de ce fond d'or bruni, qui ne s'ouvrait pas plus que ces boîtes à poison asiatique, gardées, pour le jour de la défaite et des désastres, dans l'écrin des sultans indiens. Elles se révélaient par un éclair aigu de ces yeux noirs, qu'il savait éteindre quand on le regardait, comme on souffle un flambeau quand on ne veut pas être vu, et par l'autre éclair de ce geste avec lequel il fouettait ses cheveux sur sa tempe, dix fois de suite, pendant un *robber* de whist ou une partie d'écarté. Mais hors ces hiéro-glyphes de geste et de physionomie que savent lire les observateurs, et qui n'ont, comme la langue des hiéroglyphes, qu'un fort petit nombre de mots, Marmor de Karkoël était indéchiffrable, autant, à sa manière, que la comtesse du Tremblay l'était à la sienne. C'était un Cleveland silencieux. Tous les jeunes nobles de la ville qu'il habitait, et il y en avait plusieurs de fort spirituels, curieux comme des femmes et entortillants comme des couleuvres, étaient démangés du désir de lui faire raconter les mémoires inédits de sa jeunesse, entre deux

Le Dessous de cartes d'une partie de whist 43

cigarettes de maryland. Mais ils avaient toujours
échoué. Ce lion marin des îles Hébrides, roussi
par le soleil de Lahore, ne se prenait pas à ces sou-
ricières de salon offertes aux appétits de la vanité,
à ces pièges à paon où la fatuité française laisse
toutes ses plumes, pour le plaisir de les étaler. La
difficulté ne put jamais être tournée. Il était sobre
comme un Turc qui croirait au Coran. Espèce de
muet qui gardait bien le sérail de ses pensées !
Je ne l'ai jamais vu boire que de l'eau et du café.
Les cartes, qui semblaient sa passion, étaient-elles
sa passion réelle ou une passion qu'il s'était donnée ? car on se donne des passions comme des
maladies. Étaient-elles une espèce d'écran qu'il
semblait déplier pour cacher son âme ? Je l'ai toujours cru, quand je l'ai vu jouer comme il jouait.
Il enveloppa, creusa, invétéra cette passion du jeu
dans l'âme joueuse de cette petite ville, au point
que, quand il fut parti, un spleen affreux, le spleen
des passions trompées, tomba sur elle comme un
sirocco maudit et la fit ressembler davantage à
une ville anglaise. Chez lui, la table de whist était
ouverte dès le matin. La journée, quand il n'était
pas à la Vanillière ou dans quelque château des
environs, avait la simplicité de celle des hommes
qui sont brûlés par l'idée fixe. Il se levait à neuf
heures, prenait son thé avec quelque ami venu
pour le whist, qui commençait alors et ne finissait qu'à cinq heures de l'après-midi. Comme il y
avait beaucoup de monde à ces réunions, on se
relayait à chaque *robber*, et ceux qui ne jouaient
point pariaient. Du reste, il n'y avait pas que des
jeunes gens à ces espèces de matinées, mais les

hommes les plus graves de la ville. Des *pères de famille*, comme disaient les femmes de trente ans, osaient passer leurs journées dans ce tripot, et elles beurraient, en toute occasion, d'intentions perfides, mille tartelettes au verjus sur le compte de cet Écossais, comme s'il avait inoculé la peste à toute la contrée dans la personne de leurs maris. Elles étaient pourtant bien accoutumées à les voir jouer, mais non dans ces proportions d'obstination et de furie. Vers cinq heures, on se séparait, pour se retrouver le soir dans le monde et s'y conformer, en apparence, au jeu officiel et commandé par l'usage des maîtresses de maison chez lesquelles on allait, mais, sous main et en réalité, pour jouer le jeu convenu le matin même, *au whist de Karkoël*. Je vous laisse à penser à quel degré de force ces hommes, qui ne faisaient plus qu'une chose, atteignirent. Ils élevèrent ce whist jusqu'à la hauteur de la plus difficile et de la plus magnifique escrime. Il y eut sans doute des pertes fort considérables ; mais ce qui empêcha les catastrophes et les ruines que le jeu traîne toujours après soi, ce furent précisément sa fureur et la supériorité de ceux qui jouaient. Toutes ces forces finissaient par s'équilibrer entre elles ; et puis, dans un rayon si étroit, on était trop souvent partner les uns des autres pour ne pas, au bout d'un certain temps, comme on dit en termes de jeu, se rattraper.

» L'influence de Marmor de Karkoël, contre laquelle regimbèrent en dessous les femmes raisonnables, ne diminua point, mais augmenta au contraire. On le conçoit. Elle venait moins de

Marmor et d'une manière d'être entièrement personnelle, que d'une passion qu'il avait trouvée là, vivante, et que sa présence, à lui qui la partageait, avait exaltée. Le meilleur moyen, le seul peut-être de gouverner les hommes, c'est de les tenir par leurs passions. Comment ce Karkoël n'eût-il pas été puissant ? Il avait ce qui fait la force des gouvernements, et, de plus, il ne songeait pas à gouverner. Aussi arriva-t-il à cette domination qui ressemble à un ensorcellement. On se l'arrachait. Tout le temps qu'il resta dans cette ville, il fut toujours reçu avec le même accueil, et cet accueil était une fiévreuse recherche. Les femmes, qui le redoutaient, aimaient mieux le voir chez elles que de savoir leurs fils ou leurs maris chez lui, et elles le recevaient comme les femmes reçoivent, même sans l'aimer, un homme qui est le centre d'une attention, d'une préoccupation, d'un mouvement quelconque. L'été, il allait passer quinze jours, un mois, à la campagne. Le marquis de Saint-Albans l'avait pris sous son admiration spéciale, – protection ne dirait pas assez. À la campagne, comme à la ville, c'étaient des whists éternels. Je me rappelle avoir assisté (j'étais un écolier en vacances alors) à une superbe partie de pêche au saumon, dans les eaux brillantes de la Douve, pendant tout le temps de laquelle Marmor de Karkoël joua, en canot, au whist à *deux morts* (double *dummy*), avec un gentilhomme du pays. Il fût tombé dans la rivière qu'il eût joué encore !... Seule, une femme de cette société ne recevait pas l'Écossais à la campagne, et à peine à la ville. C'était la comtesse du Tremblay.

» Qui pouvait s'en étonner ? Personne. Elle était veuve, et elle avait une fille charmante. En province, dans cette société envieuse et alignée où chacun plonge dans la vie de tous, on ne saurait prendre trop de précautions contre des inductions faciles à faire de ce qu'on voit à ce qu'on ne voit pas. La comtesse du Tremblay les prenait en n'invitant jamais Marmor à son château de Stasseville, et en ne le recevant à la ville que fort publiquement et les jours qu'elle recevait toutes ses connaissances. Sa politesse était pour lui froide, impersonnelle. C'était une conséquence de ces bonnes manières qu'on doit avoir avec tous, non pour eux, mais pour soi. Lui, de son côté, répondait par une politesse du même genre ; et cela était si peu affecté, si naturel dans tous les deux, qu'on a pu y être pris pendant quatre ans. Je l'ai déjà dit : hors le jeu, Karkoël ne semblait pas exister. Il parlait peu. S'il avait quelque chose à cacher, il le couvrait très bien de ses habitudes de silence. Mais la comtesse avait, elle, si vous vous le rappelez, l'esprit très extérieur et très mordant. Pour ces sortes d'esprits, toujours en dehors, brillants, agressifs, se retenir, se voiler, est chose difficile. Se voiler, n'est-ce pas même une manière de se trahir ? Seulement, si elle avait les écailles fascinantes et la triple langue du serpent, elle en avait aussi la prudence. Rien donc n'altéra l'éclat et l'emploi féroces de sa plaisanterie habituelle. Souvent, quand on parlait de Karkoël devant elle, elle lui décochait de ces mots qui sifflent et qui percent, et que Mlle de Beaumont, sa rivale d'épigrammes, lui enviait. Si ce fut là un mensonge de plus, jamais mensonge ne fut mieux osé. Tenait-elle cette effrayante faculté de dissimuler de son organisation sèche et contractile ? Mais pourquoi s'en servait-elle, elle, l'indépendance en personne par sa position et la fierté moqueuse du caractère ? Pourquoi, si elle aimait Karkoël et si elle en était aimée, le cachait-elle sous les ridicules qu'elle lui jetait de temps à autre, sous ces plaisanteries apostates, renégates, impies, qui dégradent l'idole adorée... les plus grands sacrilèges en amour ?

» Mon Dieu ! qui sait ? il y avait peut-être en tout cela du bonheur pour elle...

» Si l'on jetait, docteur, – fit le narrateur, en se tournant vers le docteur Beylasset, qui était accoudé sur un meuble de Boulle, et dont le beau crâne chauve renvoyait la lumière d'un candélabre que les domestiques venaient, en cet instant, d'allumer au-dessus de sa tête, si l'on jetait sur la comtesse de Stasseville un de ces bons regards *physiologistes*, – comme vous en avez, vous autres médecins, et que les moralistes devraient vous emprunter, – il était évident que tout, dans les impressions de cette femme, devait *rentrer, porter en dedans*, comme cette ligne *hortensia passé* qui formait ses lèvres, tant elle les rétractait ; comme ces ailes du nez, qui se creusaient au lieu de s'épanouir, immobiles et non pas frémissantes ; comme ces yeux, qui, à certains moments, se renfonçaient sous leurs arcades sourcilières et semblaient remonter vers le cerveau. Malgré son apparente délicatesse et une souffrance physique dont on suivait l'influence visible dans tout son être, comme on suit les rayonnements d'une fêlure dans une substance trop sèche, elle était le plus frappant diagnostic de la volonté, de cette pile de Volta intérieure à laquelle aboutissent nos nerfs. Tout l'attestait, en elle, plus qu'en aucun être vivant que j'aie jamais contemplé. Cet influx de la volonté sommeillante circulait – qu'on me passe le mot, car il est bien pédant ! – *puissanciellement* jusque dans ses mains, aristocratiques et princières pour la blancheur mate, l'opale irisée des ongles et l'élégance, mais qui, pour la maigreur, le gonflement et l'implication des mille torsades bleuâtres des veines, et surtout pour le mouvement d'appréhension avec lequel elles saisissaient les objets, ressemblaient à des griffes fabuleuses, comme l'étonnante poésie des Anciens en attribuait à certains monstres au visage et au sein de femme. Quand, après avoir lancé une de ces plaisanteries, un de ces traits étincelants et fins comme les arêtes empoisonnées dont se servent les sauvages, elle passait le bout de sa langue vipérine sur ses lèvres sibilantes, on sentait que dans une grande occasion, dans le dernier moment de la destinée, par exemple, cette femme frêle et forte tout ensemble était capable de deviner le procédé des nègres, et de pousser la résolution jusqu'à avaler cette langue si souple, pour mourir. À la voir, on ne pouvait douter qu'elle ne fût, en femme, une de ces organisations comme il y en a dans tous les règnes de la nature, qui, de préférence ou d'instinct, recherchent le fond au lieu de la surface des choses ; un de ces êtres destinés à des cohabitations occultes, qui plongent dans la vie comme les grands nageurs plongent et nagent sous l'eau, comme les mineurs respirent

Le Dessous de cartes d'une partie de whist   49

sous la terre, passionnés pour le mystère, en raison même de leur profondeur, le créant autour
d'elles et l'aimant jusqu'au mensonge, car le mensonge, c'est du mystère redoublé, des voiles épais-
sis, des ténèbres faites à tout prix ! Peut-être ces
sortes d'organisations aiment-elles le mensonge
pour le mensonge, comme on aime l'art pour l'art,
comme les Polonais aiment les batailles. – (Le
docteur inclina gravement la tête en signe d'adhé-
sion.) – Vous le pensez, n'est-ce pas ? et moi aussi !
Je suis convaincu que, pour certaines âmes, il y a
le bonheur de l'imposture. Il y a une effroyable,
mais enivrante félicité dans l'idée qu'on ment et
qu'on trompe ; dans la pensée qu'on *se sait seul
soi-même*, et qu'on joue à la société une comédie
dont elle est la dupe, et dont on se rembourse les
frais de mise en scène par toutes les voluptés du
mépris.

— Mais c'est affreux, ce que vous dites là ! »
interrompit tout à coup la baronne de Mascranny,
avec le cri de la loyauté révoltée.

Toutes les femmes qui écoutaient (et il y en
avait peut-être quelques-unes connaisseuses en
plaisirs cachés) avaient éprouvé comme un frémissement aux dernières paroles du conteur. J'en
jugeai au dos nu de la comtesse de Damnaglia,
alors si près de moi. Cette espèce de frémissement
nerveux, tout le monde le connaît et l'a ressenti.
On l'appelle quelquefois avec poésie *la mort qui
passe*. Était-ce alors la vérité qui passait ?...

« Oui, – répondit le narrateur, c'est affreux ;
mais est-ce vrai ? Les natures *au cœur sur la main*
ne se font pas l'idée des jouissances solitaires de

l'hypocrisie, de ceux qui vivent et peuvent respirer, la tête lacée dans un masque. Mais, quand on y pense, ne comprend-on pas que leurs sensations aient réellement la profondeur enflammée de l'enfer ? Or, l'enfer, c'est le ciel en creux. Le mot *diabolique* ou *divin*, appliqué à l'intensité des jouissances, exprime la même chose, c'est-à-dire des sensations qui vont jusqu'au surnaturel. Mme de Stasseville était-elle de cette race d'âmes ?... Je ne l'accuse ni ne la justifie. Je raconte comme je peux son histoire, que personne n'a bien sue, et je cherche à l'éclairer par une étude à la Cuvier sur sa personne. Voilà tout.

» Du reste, cette analyse que je fais maintenant de la comtesse du Tremblay, sur le souvenir de son image, empreinte dans ma mémoire comme un cachet d'onyx fouillé par un burin profond sur de la cire, je ne la faisais point alors. Si j'ai compris cette femme, ce n'a été que bien plus tard... La toute-puissante volonté, qu'à *la réflexion* j'ai reconnue en elle, depuis que l'expérience m'a appris à quel point le corps est la moulure de l'âme, n'avait pas plus soulevé et tendu cette existence, encaissée dans de tranquilles habitudes, que la vague ne gonfle et ne trouble un lac de mer, fortement encaissé dans ses bords. Sans l'arrivée de Karkoël, de cet officier d'infanterie anglaise que des compatriotes avaient engagé à aller *manger sa demi-solde* dans une ville normande, digne d'être anglaise, la débile et pâle moqueuse qu'on appelait en riant *madame de Givre* n'aurait jamais su elle-même quel impérieux vouloir elle portait dans son sein de neige fondue, comme disait Mlle Ernestine de Beaumont, mais sur lequel, au *moral*, tout avait glissé comme sur le plus dur mamelon des glaces polaires. Quand il arriva, qu'éprouva-t-elle ? Apprit-elle tout à coup que, pour une nature comme la sienne, sentir fortement, c'est vouloir ? Entraîna-t-elle par la volonté un homme qui ne semblait plus devoir aimer que le jeu ?... Comment s'y prit-elle pour réaliser une intimité dont il est difficile, en province, d'esquiver les dangers ?... Tous mystères, restés tels à jamais, mais qui, soupçonnés plus tard, n'avaient encore été pressentis par personne à la fin de l'année 182... Et cependant, à cette époque, dans un des hôtels les plus paisibles de cette ville, où le jeu était la plus grande affaire de chaque journée et presque de chaque nuit ; sous les persiennes silencieuses et les rideaux de mousseline brodée, voiles purs, élégants, et à moitié relevés d'une vie calme, il devait y avoir depuis longtemps un roman qu'on aurait juré impossible. Oui, le roman était à cette vie correcte, irréprochable, réglée, moqueuse, froide jusqu'à la maladie, où l'esprit semblait tout et l'âme rien. Il y était, et la rongeait sous les apparences et la renommée, comme les vers qui seraient au cadavre d'un homme avant qu'il ne fût expiré.

— Quelle abominable comparaison ! – fit encore observer la baronne de Mascranny. – Ma pauvre Sibylle avait presque raison de ne pas vouloir de votre histoire. Décidément, vous avez un vilain genre d'imagination, ce soir.

— Voulez-vous que je m'arrête ? – répondit le conteur, avec une sournoise courtoisie et la petite rouerie d'un homme sûr de l'intérêt qu'il a fait naître.

— Par exemple ! – reprit la baronne ; – est-ce que nous pouvons rester, maintenant, l'attention en l'air, avec une moitié d'histoire ?

— Ce serait aussi par trop fatigant ! – dit, en défrisant une de ses longues anglaises d'un beau noir bleu, Mlle Laure d'Alzanne, la plus languissante image de la paresse heureuse, avec le gracieux effroi de sa nonchalance menacée.

— Et désappointant en plus ! – ajouta gaiement le docteur. – Ne serait-ce pas comme si un coiffeur, après vous avoir rasé un côté du visage, fermait tranquillement son rasoir et vous signifiait qu'il lui est impossible d'aller plus loin ?...

— Je reprends donc, – reprit le conteur, avec la simplicité de l'art suprême qui consiste surtout à se bien cacher... – En 182..., j'étais dans le salon d'un de mes oncles, maire de cette petite ville que je vous ai décrite comme la plus antipathique aux passions et à l'aventure ; et, quoique ce fût un jour solennel, la fête du roi, une Saint-Louis, toujours grandement fêtée par ces ultras de l'émigration, par ces quiétistes politiques qui avaient inventé le mot mystique de l'amour pur : *Vive le roi quand même !* on ne faisait, dans ce salon, rien de plus que ce qu'on y faisait tous les jours. On y jouait. Je vous demande bien pardon de vous parler de moi, c'est d'assez mauvais goût, mais il le faut. J'étais un adolescent encore. Cependant, grâce à une éducation exceptionnelle, je soupçonnais plus des passions et du monde qu'on n'en soupçonne d'ordinaire à l'âge que j'avais. Je ressemblais moins à un de ces collégiens pleins de gaucherie, qui n'ont rien vu que dans leurs livres de classe, qu'à une de ces jeunes filles curieuses, qui s'instruisent en écoutant aux portes et en rêvant beaucoup sur ce qu'elles y ont entendu. Toute la ville se pressait, ce soir-là, dans le salon de mon oncle, et, comme toujours, – car il n'y avait que des choses éternelles dans ce monde de momies qui ne secouaient leurs bandelettes que pour agiter des cartes, – cette société se divisait en deux parties, la partie qui jouait, et les jeunes filles qui ne jouaient pas. Momies aussi que ces jeunes filles, qui devaient se ranger, les unes auprès des autres, dans les catacombes du célibat, mais dont les visages, éclatants d'une vie inutile et d'une fraîcheur qui ne serait pas respirée, enchantaient mes avides regards. Parmi elles, il n'y avait peut-être que Mlle Herminie de Stasseville à qui la fortune eût permis de croire à ce miracle d'un mariage d'amour, sans déroger. Je n'étais pas assez âgé, ou je l'étais trop, pour me mêler à cet essaim de jeunes personnes, dont les chuchotements s'entrecoupaient de temps à autre d'un rire bien franc ou doucement contenu. En proie à ces brûlantes timidités qui sont en même temps des voluptés et des supplices, je m'étais réfugié et assis auprès du dieu du *chelem*, ce Marmor de Karkoël, pour lequel je m'étais pris de belle passion. Il ne pouvait y avoir entre lui et moi d'amitié. Mais les sentiments ont leur hiérarchie secrète. Il n'est pas rare de voir, dans les êtres qui ne sont pas développés, de ces sympathies que rien de positif, de démontré, n'explique, et qui font comprendre que les jeunes gens ont besoin de chefs comme les peuples qui, malgré leur âge, sont toujours un peu des enfants. Mon chef, à moi, eût été Karkoël. Il venait souvent chez mon père, grand joueur comme tous les hommes de cette société. Il s'était souvent mêlé à nos récréations gymnastiques, à mes frères et à moi, et il avait déployé devant nous une vigueur et une souplesse qui tenaient du prodige. Comme le duc d'Enghien, il sautait en se jouant une rivière de dix-sept pieds. Cela seul, sans doute, devait exercer sur la tête de jeunes gens comme nous, élevés pour devenir des hommes de guerre, un grand attrait de séduction ; mais là n'était pas le secret pour moi de l'aimant de Karkoël. Il fallait qu'il agît sur mon imagination avec la puissance des êtres exceptionnels sur les êtres exceptionnels, car la vulgarité préserve des influences supérieures, comme un sac de laine préserve des coups de canon. Je ne saurais dire quel rêve j'attachais à ce front, qu'on eût cru sculpté dans cette substance que les peintres d'aquarelle appellent *terre de Sienne* ; à ces yeux sinistres, aux paupières courtes ; à toutes ces marques que des passions inconnues avaient laissées sur la personne de l'Écossais, comme les quatre coups de barre du bourreau aux articulations d'un roué ; et surtout à ces mains d'un homme, du plus amolli des civilisés, chez qui le sauvage finissait au poignet, et qui savaient imprimer aux cartes cette vélocité de rotation qui ressemblait au tournoiement de la flamme, et qui avait tant frappé Herminie de Stasseville, la première fois qu'elle l'avait vu. Or, ce soir-là, dans l'angle où se dressait la table de jeu,

Le Dessous de cartes d'une partie de whist   55

la persienne était à moitié fermée. La partie était sombre comme l'espèce de demi-jour qui l'éclairait. C'était le whist des forts. Le Mathusalem des marquis, M. de Saint-Albans, était le partner de Marmor. La comtesse du Tremblay avait pris pour le sien le chevalier de Tharsis, officier au régiment de Provence avant la Révolution et chevalier de Saint-Louis, un de ces vieillards comme il n'y en a plus debout maintenant, un de ces hommes qui furent à cheval sur deux siècles, sans être pour cela des colosses. À un certain moment de la partie, et par le fait d'un mouvement de Mme du Tremblay de Stasseville pour relever ses cartes, une des pointes du diamant qui brillait à son doigt rencontra, dans cette ombre projetée par la persienne sur la table verte, qu'elle rendait plus verte encore, un de ces chocs de rayon, intersectés par la pierre, comme il est impossible à l'art humain d'en combiner, et il en jaillit un dard de feu blanc tellement électrique, qu'il fit presque mal aux yeux comme un éclair.

» "Eh ! eh ! qu'est-ce qui brille ? – dit, d'une voix flûtée, le chevalier de Tharsis, qui avait la voix de ses jambes.

» — Et, qui est-ce qui tousse ? – dit simultanément le marquis de Saint-Albans, tiré par une toux horriblement mate de sa préoccupation de joueur, en se retournant vers Herminie, qui brodait une collerette à sa mère.

» — C'est mon diamant et c'est ma fille, – fit la comtesse du Tremblay avec un sourire de ses lèvres minces, en répondant à tous les deux.

» — Mon Dieu ! comme il est beau, votre diamant, Madame ! – reprit le chevalier. – Jamais je ne l'avais vu étinceler comme ce soir ; il forcerait les plus myopes à le remarquer."

» On était arrivé, en disant cela, à la fin de la partie, et le chevalier de Tharsis prit la main de la comtesse : "Voulez-vous permettre ?..." – ajouta-t-il.

» La comtesse ôta languissamment sa bague, et la jeta au chevalier sur la table de jeu.

» Le vieil émigré l'examina en la tournant devant son œil comme un kaléidoscope. Mais la lumière a ses hasards et ses caprices. En roulant sur les facettes de la pierre, elle n'en détacha pas un second jet de lumière nuancée, semblable à celui qui venait si rapidement d'en jaillir.

» Herminie se leva et poussa la persienne, afin que le jour tombât mieux sur la bague de sa mère et qu'on en pût mieux apprécier la beauté.

» Et elle se rassit, le coude à la table, regardant aussi la pierre prismatique ; mais la toux revint, une toux sifflante, qui lui rougit et lui injecta la nacre de ses beaux yeux bleus, d'un humide radical si pur.

» "Et où avez-vous pris cette affreuse toux, ma chère enfant ? – dit le marquis de Saint-Albans, plus occupé de la jeune fille que de la bague, du diamant humain que du diamant minéral.

» — Je ne sais, monsieur le marquis, – fit-elle, avec la légèreté d'une jeunesse qui croyait à l'éternité de la vie. – Peut-être à me promener le soir, au bord de l'étang de Stasseville."

» Je fus frappé alors du groupe qu'ils formaient à eux quatre.

Le Dessous de cartes d'une partie de whist   57

» La lumière rouge du couchant immergeait par la fenêtre ouverte. Le chevalier de Tharsis regardait le diamant ; M. de Saint-Albans, Herminie ; Mme du Tremblay, Karkoël, qui regardait d'un œil distrait sa dame de carreau. Mais ce qui me frappa surtout, ce fut Herminie. La *Rose de Stasseville* était pâle, plus pâle que sa mère. La pourpre du jour mourant, qui versait son transparent reflet sur ses joues pâles, lui donnait l'air d'une tête de victime, réfléchie dans un miroir qu'on aurait dit étamé avec du sang.

» Tout à coup, j'eus froid dans les nerfs, et par je ne sais quelle évocation foudroyante et involontaire, un souvenir me saisit avec l'invincible brutalité de ces idées qui fécondent monstrueusement la pensée révoltée, en la violant.

» Il y avait quinze jours, à peu près, qu'un matin j'étais allé chez Marmor de Karkoël. Je l'avais trouvé seul. Il était de bonne heure. Nul des joueurs qui, d'ordinaire, jouaient le matin chez lui, n'était arrivé. Il était, quand j'entrai, debout devant son secrétaire, et il semblait occupé d'une opération fort délicate qui exigeait une extrême attention et une grande sûreté de main. Je ne le voyais pas ; sa tête était penchée. Il tenait entre les doigts de sa main droite un petit flacon d'une substance noire et brillante, qui ressemblait à l'extrémité d'un poignard cassé, et, de ce flacon microscopique, il épanchait je ne sais quel liquide dans une bague ouverte.

» "Que diable faites-vous là ?" – lui dis-je en m'avançant. Mais il me cria avec une voix impérieuse : "N'approchez pas ! restez où vous êtes ;

vous me feriez trembler la main, et ce que je fais est plus difficile et plus dangereux que de casser à quarante pas un tire-bouchon avec un pistolet qui pourrait crever."

» C'était une allusion à ce qui nous était arrivé, il y avait quelque temps. Nous nous amusions à tirer avec les plus mauvais pistolets qu'il nous fût possible de trouver, afin que l'habileté de l'homme se montrât mieux dans la faiblesse de l'instrument, et nous avions failli nous ouvrir le crâne avec le canon d'un pistolet qui creva.

» Il put insinuer les gouttes du liquide inconnu qu'il laissait tomber du bec effilé de son flacon. Quand ce fut fait, il ferma la bague et la jeta dans un des tiroirs de son secrétaire, comme s'il avait voulu la cacher.

» Je m'aperçus qu'il avait un masque de verre.

» "Depuis quand, – lui dis-je, en plaisantant, – vous occupez-vous de chimie ? et sont-ce des ressources contre les pertes au whist que vous composez ?

» — Je ne compose rien, – me répondit-il, – mais ce qui est *là-dedans* (et il montrait le flacon noir) est une ressource contre tout. C'est, – ajouta-t-il avec la sombre gaieté du pays des suicides d'où il était, – le jeu de cartes biseautées avec lequel on est sûr de gagner la dernière partie contre le Destin.

» — Quelle espèce de poison ? – lui demandai-je, en prenant le flacon dont la forme bizarre m'attirait.

» — C'est le plus admirable des poisons indiens, me répondit-il en ôtant son masque. – Le respirer

Le Dessous de cartes d'une partie de whist 59

peut être mortel, et, de quelque manière qu'on l'absorbe, s'il ne tue pas immédiatement, vous ne perdez rien pour attendre ; son effet est aussi sûr qu'il est caché. Il attaque lentement, presque languissamment, mais infailliblement, la vie dans ses sources, en les pénétrant et en développant, au fond des organes sur lesquels il se jette, de ces maladies connues de tous et dont les symptômes, familiers à la science, dépayseraient le soupçon et répondraient à l'accusation d'empoisonnement, si une telle accusation pouvait exister. On dit, aux Indes, que des fakirs mendiants le composent avec des substances extrêmement rares, qu'eux seuls connaissent et qu'on ne trouve que sur les plateaux du Thibet. Il dissout les liens de la vie plus qu'il ne les rompt. En cela, il convient davantage à ces natures d'Indiens, apathiques et molles, qui aiment la mort comme un sommeil et s'y laissent tomber comme sur un lit de lotos. Il est fort difficile, du reste, presque impossible de s'en procurer. Si vous saviez ce que j'ai risqué, pour obtenir ce flacon d'une femme qui disait m'aimer !... J'ai un ami, comme moi officier dans l'armée anglaise, et revenu comme moi des Indes où il a passé sept ans. Il a cherché ce poison avec le désir furieux d'une fantaisie anglaise, – et plus tard, quand vous aurez vécu davantage, vous comprendrez ce que c'est. Eh bien ! il n'a jamais pu en trouver. Il a acheté, au prix de l'or, d'indignes contrefaçons. De désespoir, il m'a écrit d'Angleterre et il m'a envoyé une de ses bagues, en me suppliant d'y verser quelques gouttes de ce nectar de la mort. Voilà ce que je faisais quand vous êtes entré."

» Ce qu'il me disait ne m'étonnait pas. Les
hommes sont ainsi faits, que, sans aucun mauvais
dessein, sans pensée sinistre, ils aiment à avoir
du poison chez eux, comme ils aiment à avoir
des armes. Ils thésaurisent les moyens d'extermi-
nation autour d'eux, comme les avares thésaurisent les richesses. Les uns disent : Si je voulais
détruire ! comme les autres : Si je voulais jouir !
C'est le même idéalisme enfantin. Enfant, moi-
même, à cette époque, je trouvai tout simple que
Marmor de Karkoël, revenu des Indes, possédât
cette curiosité d'un poison comme il n'en existe
pas ailleurs, et, parmi ses kandjars et ses flèches,
apportés au fond de sa malle d'officier, ce flacon
de pierre noire, cette jolie babiole de destruction
qu'il me montrait. Quand j'eus bien tourné et
retourné ce bijou, poli comme une agate, qu'une
Aimée peut-être avait porté entre les deux globes
de topaze de sa poitrine, et dans la substance
poreuse duquel elle avait imprégné sa sueur d'or,
je le jetai dans une coupe posée sur la cheminée,
et je n'y pensai plus.

» Eh bien ! le croiriez-vous ? c'était le souvenir de
ce flacon qui me revenait !... La figure souffrante
d'Herminie, sa pâleur, cette toux qui semblait sor-
tir d'un poumon spongieux, ramolli, où déjà peut-
être s'envenimaient ces lésions profondes que la
médecine appelle, – n'est-ce pas, docteur ? – dans
un langage plein d'épouvantements pittoresques,
des cavernes ; cette bague qui, par une coïnci-
dence inexplicable, brillait tout à coup d'un éclat
si étrange au moment où la jeune fille toussait,
comme si le scintillement de la pierre homicide

eût été la palpitation de joie du meurtrier ; les circonstances d'une matinée qui était effacée de ma mémoire, mais qui y reparaissaient tout à coup : voilà ce qui m'afflua, comme un flot de pensées, au cerveau ! De lien pour rattacher les circonstances passées à l'heure présente, je n'en avais pas. Le rapprochement involontaire qui se faisait dans ma tête était insensé. J'avais horreur de ma propre pensée. Aussi m'efforçai-je d'étouffer, d'éteindre en moi cette fausse lueur, ce flamboiement qui s'était allumé, et qui avait passé dans mon âme comme l'éclair de ce diamant qui était passé sur cette table verte !... Pour appuyer ma volonté et broyer sous elle la folle et criminelle croyance d'un instant, je regardais attentivement Marmor de Karkoël et la comtesse du Tremblay.

» Ils répondaient très bien l'un et l'autre par leur attitude et leur visage, que ce que j'avais osé penser était impossible ! Marmor était toujours Marmor. Il continuait de regarder sa dame de carreau comme si elle eût représenté l'amour dernier, définitif, de toute sa vie. Mme du Tremblay, de son côté, avait sur le front, dans les lèvres et dans le regard, le calme qui ne la quittait jamais, même quand elle ajustait l'épigramme, car sa plaisanterie ressemblait à une balle, la seule arme qui tue sans se passionner, tandis que l'épée, au contraire, partage la passion de la main. Elle et lui, lui et elle, étaient deux abîmes placés en face l'un de l'autre ; seulement, l'un, Karkoël, était noir et ténébreux comme la nuit ; et l'autre, cette femme pâle, était claire et inscrutable comme l'espace. Elle tenait toujours sur son partner des yeux indifférents et qui brillaient d'une impassible lumière. Seulement, comme le chevalier de Tharsis *n'en finissait pas* d'examiner la bague qui renfermait le mystère que j'aurais voulu pénétrer, elle avait pris à sa ceinture un gros bouquet de résédas, et elle se mit à le respirer avec une sensualité qu'on n'eût, certes, pas attendue d'une femme comme elle, si peu faite pour les rêveuses voluptés. Ses yeux se fermèrent après avoir tourné dans je ne sais quelle pâmoison indicible, et, d'une passion avide, elle saisit avec ses lèvres effilées et incolores plusieurs tiges de fleurs odorantes, et elle les broya sous ses dents, avec une expression idolâtre et sauvage, les yeux rouverts sur Karkoël. Était-ce un signe, une entente quelconque, une complicité, comme en ont les amants entre eux, que ces fleurs mâchées et dévorées en silence ?… Franchement, je le crus. Elle remit tranquillement la bague à son doigt, quand le chevalier l'eut assez admirée, et le whist continua, renfermé, muet et sombre, comme si rien ne l'avait interrompu. »

Ici, encore, le conteur s'arrêta. Il n'avait plus besoin de se presser. Il nous tenait tous sous la griffe de son récit. Peut-être tout le mérite de son histoire était-il dans sa manière de la raconter… Quand il se tut, on entendit, dans le silence du salon, aller et venir les respirations. Moi, qui allongeais mes regards par-dessus mon rempart d'albâtre, l'épaule de la comtesse de Damnaglia, je vis l'émotion marbrer de ses nuances diverses tous ces visages. Involontairement, je cherchais celui de la jeune Sibylle, de la sauvage enfant qui s'était cabrée aux premiers mots de cette histoire.

Le Dessous de cartes d'une partie de whist   63

J'eusse aimé à voir passer les éclairs de la transe dans ces yeux noirs qui font penser au ténébreux et sinistre canal Orfano, à Venise, car il s'y noiera plus d'un cœur. Mais elle n'était plus sur le canapé de sa mère. Inquiète de ce qui allait suivre, la sollicitude de la baronne avait sans doute fait à sa fille quelque signe de furtive départie, et elle avait disparu.

« En fin de compte, – reprit le narrateur, – qu'y avait-il dans tout cela qui fût de nature à m'émouvoir si fort et à se graver dans ma mémoire comme une eau-forte, car le temps n'a pas effacé un seul des linéaments de cette scène ? Je vois encore la figure de Marmor, l'expression du calme cristallisé de la comtesse, se fondant pour une minute dans la sensation de ces résédas respirés et triturés avec un frissonnement presque voluptueux. Tout cela m'est resté, et vous allez comprendre pourquoi. Ces faits dont je ne voyais pas très bien la relation entre eux, ces faits mal éclairés d'une intuition que je me reprochais, dans l'écheveau entortillé desquels le possible et l'incompréhensible apparaissaient, reçurent plus tard une goutte de lumière qui en débrouilla pour jamais en moi le chaos.

» Je vous ai dit, je crois, que j'avais été mis fort tard au collège. Les deux dernières années de mon éducation s'y écoulèrent sans que je revinsse dans mon pays. Ce fut donc au collège que j'appris, par les lettres de ma famille, la mort de Mlle Herminie de Stasseville, victime d'une maladie de langueur dont personne ne s'était douté qu'à la dernière extrémité, et quand la maladie avait été incurable. Cette nouvelle, qu'on me transmettait sans aucun commentaire, me glaça le sang du même froid que j'avais senti lorsque, dans le salon de mon oncle, j'avais entendu pour la première fois cette toux qui sonnait la mort, et qui avait dressé en moi tout à coup de si épouvantables inductions. Ceux qui ont l'expérience des choses de l'âme me comprendront, quand je dirai que je n'osai pas faire une seule question sur cette perte soudaine d'une jeune fille, enlevée à l'affection de sa mère et aux plus belles espérances de la vie. J'y pensai d'une manière trop tragique pour en parler à qui que ce fût. Revenu chez mes parents, je trouvai la ville de *** bien changée ; car, en plusieurs années, les villes changent comme les femmes : on ne les reconnaîtrait plus. C'était après 1830. Depuis le passage de Charles X, qui l'avait traversée pour aller s'embarquer à Cherbourg, la plupart des familles nobles que j'avais connues pendant mon enfance vivaient retirées dans les châteaux circonvoisins. Les événements politiques avaient frappé d'autant plus ces familles, qu'elles avaient cru à la victoire de leur parti et qu'elles étaient retombées d'une espérance. En effet, elles avaient vu le moment où le droit d'aînesse, relevé par le seul homme d'État qu'ait eu la Restauration, allait rétablir la société française sur la seule base de sa grandeur et de sa force ; puis, tout à coup, cette idée, doublement juste de justesse et de justice, qui avait brillé aux regards de ces hommes, dupes sublimes de leur dévouement monarchique, comme un dédommagement à leurs souffrances et à leur ruine, comme un dernier lambeau de vair et d'hermine qui doublât leur cercueil et ren-

Le Dessous de cartes d'une partie de whist   65

dît moins dur leur dernier sommeil, périr sous le coup d'une opinion publique qu'on n'avait su ni éclairer ni discipliner. La petite ville, dont il a été si souvent question dans ce récit, n'était plus qu'un désert de persiennes fermées et de portes cochères qui ne s'ouvraient plus. La révolution de Juillet avait effrayé les Anglais, et ils étaient partis d'une ville dont les mœurs et les habitudes avaient reçu des événements une si forte rupture. Mon premier soin avait été de demander ce qu'était devenu M. Marmor de Karkoël. On me répondit qu'il était retourné aux Indes sur un ordre de son gouvernement. La personne qui me dit cela était précisément cet éternel chevalier de Tharsis, l'un des quatre de la fameuse *partie du diamant* (fameuse, du moins elle l'était pour moi), et son œil, en me renseignant, se fixa sur les miens avec l'expression d'un homme qui veut être interrogé. Aussi, presque involontairement, car les âmes se devinent bien avant que la volonté n'ait agi :

» "Et Mme du Tremblay de Stasseville ?... – lui dis-je.

» — Vous saviez donc quelque chose ?... – me répondit-il assez mystérieusement, comme si nous avions eu cent paires d'oreilles à nous écouter, et nous étions seuls.

» — Mais non, – lui dis-je, – je ne sais rien.

» — Elle est morte, – reprit-il, – de la poitrine, comme sa fille, un mois après le départ de ce diable de Marmor de Karkoël.

» — Pourquoi cette date ? – fis-je alors, – et pourquoi me parlez-vous de Marmor de Karkoël ?...

» — C'est donc la vérité, répondit-il, – que vous ne savez rien ! Eh bien ! mon cher, il paraît qu'elle était sa maîtresse. Du moins l'a-t-on fait entendre ici, quand on en parlait à voix basse. À présent, on n'ose plus en parler. C'était une hypocrite de premier ordre que cette comtesse. Elle l'était comme on est blonde ou brune, elle était née *cela*. Aussi pratiquait-elle le mensonge au point d'en faire une vérité, tant elle était simple et naturelle, sans effort et sans affectation en tout. À travers une habileté si profonde qu'on n'a su que depuis bien peu de temps que c'en était une, il a transpiré des bruits bientôt étouffés par la terreur qui les transmettait... À les entendre, cet Écossais, qui n'aimait que les cartes, n'a pas été seulement l'amant de la comtesse, laquelle ne le recevait jamais chez elle comme tout le monde, et, mauvaise comme le démon, lui campait son épigramme comme à pas un de nous, quand l'occasion s'en présentait !... Mon Dieu, ceci ne serait rien, s'il n'y avait que cela ! Mais le pis est, dit-on, que le dieu du *chelem* avait fait *chelem* toute la famille. Cette pauvre petite Herminie l'adorait en silence. Mlle Ernestine de Beaumont vous le dira si vous le voulez. C'était comme une fatalité. Lui, l'aimait-il ? Aimait-il la mère ? Les aimait-il toutes les deux ? Ne les aimait-il ni l'une ni l'autre ? Trouvait-il seulement la mère bonne pour entretenir sa mise au jeu ?... Qui sait ? Ici l'histoire est fort obscure. Tout ce qu'on certifie, c'est que la mère, dont l'âme était aussi sèche que le corps, s'était prise d'une haine pour sa fille, qui n'a pas peu contribué à la faire mourir.

Le Dessous de cartes d'une partie de whist   67

» — On dit cela ! – repris-je, plus épouvanté d'avoir pensé juste que je ne l'avais été d'avoir pensé faux, – mais qui peut savoir cela ?… Karkoël n'était pas un fat. Ce n'est pas lui qui se serait permis des confidences. On n'a pu jamais rien savoir de sa vie. Il n'aura pas commencé d'être confiant, ou indiscret, à propos de la comtesse de Stasseville.

» — Non, – répondit le chevalier de Tharsis. – Les deux hypocrites faisaient la paire. Il est parti comme il est venu, sans qu'aucun de nous ait pu dire : "Il était autre chose qu'un joueur." Mais, si parfaite de ton et de tenue que fût dans le monde l'irréprochable comtesse, les femmes de chambre, pour lesquelles il n'est point d'héroïnes, ont raconté qu'elle s'enfermait avec sa fille, et qu'après de longues heures de tête-à-tête elles sortaient plus pâles l'une que l'autre, mais la fille toujours davantage et les yeux abîmés de pleurs.

» — Vous n'avez pas d'autres détails et d'autres certitudes, chevalier ? – lui dis-je, pour le pousser et voir plus clair. – Mais vous n'ignorez pas ce que sont des propos de femmes de chambre… On en saurait probablement davantage par Mlle de Beaumont.

» — Mlle de Beaumont ! – fit le Tharsis. – Ah ! elles ne s'aimaient pas, la comtesse et elle, car c'était le même genre d'esprit toutes les deux ! Aussi la survivante ne parle-t-elle de la morte qu'avec des yeux imprécatoires et des réticences perfides. Il est sûr qu'elle veut faire croire les choses les plus atroces… et qu'elle n'en sait qu'une, qui ne l'est pas… l'amour d'Herminie pour Karkoël.

» — Et ce n'est pas savoir grand-chose, chevalier, – repris-je. – Si l'on savait toutes les confidences que se font les jeunes filles entre elles, on
mettrait sur le compte de l'amour la première
rêverie venue. Or, vous avouerez qu'un homme
comme ce Karkoël avait bien tout ce qui fait rêver.

» — C'est vrai, dit le vieux Tharsis, – mais on
a plus que des confidences de jeunes filles. Vous
rappelez-vous… non ! vous étiez trop enfant, mais
on l'a assez remarqué dans notre société… que
Mme de Stasseville, qui n'avait jamais rien aimé,
pas plus les fleurs que tout le reste, car je défie
de pouvoir dire quels étaient les goûts de cette
femme-là, portait toujours vers la fin de sa vie un
bouquet de résédas à sa ceinture, et qu'en jouant
au whist, et partout, elle en rompait les tiges pour
les mâchonner, si bien qu'un beau jour Mlle de
Beaumont demanda à Herminie, avec une petite
roulade de raillerie dans la voix, depuis quand sa
mère était herbivore ?…

» — Oui, je m'en souviens, – lui répondis-je. Et
de fait, je n'avais jamais oublié la manière fauve,
et presque amoureusement cruelle, dont la comtesse avait respiré et mangé les fleurs de son bouquet, à cette partie de whist qui avait été pour moi
un événement.

» — Eh bien ! – fit le bonhomme, – ces résédas
venaient d'une magnifique jardinière que Mme de
Stasseville avait dans son salon. Oh ! le temps
n'était plus où les odeurs lui faisaient mal. Nous
l'avions vue ne pouvoir les souffrir, depuis ses dernières couches, pendant lesquelles on avait failli la
tuer, nous contait-elle langoureusement, avec un

bouquet de tubéreuses. À présent, elle les aimait et les recherchait avec fureur. Son salon asphyxiait comme une serre dont on n'a pas encore soulevé les vitrages à midi. À cause de cela, deux ou trois femmes délicates n'allaient plus chez elle. C'étaient là des changements ! Mais on les expliquait par la maladie et par les nerfs. Une fois morte, et quand il a fallu fermer son salon, – car le tuteur de son fils a fourré au collège ce petit imbécile, que voilà riche comme doit être un sot, – on a voulu mettre ces beaux résédas en pleine terre et l'on a trouvé dans la caisse, devinez quoi !... le cadavre d'un enfant qui avait vécu..." »

Le narrateur fut interrompu par le cri très vrai de deux ou trois femmes, pourtant bien brouillées avec le naturel. Depuis longtemps, il les avait quittées ; mais, ma foi, pour cette occasion il leur revint. Les autres, qui se dominaient davantage, ne se permirent qu'un haut-le-corps, mais il fut presque convulsif.

« "Quel oubli et quelle oubliette !" – fit alors, avec sa légèreté qui rit de tout, cette aimable petite pourriture ambrée, le marquis de Gourdes, que nous appelons *le dernier des marquis*, un de ces êtres qui plaisanteraient derrière un cercueil et même dedans.

» "D'où venait cet enfant ? – ajouta le chevalier de Tharsis, en pétrissant son tabac dans sa boîte d'écaille. – De qui était-il ? Était-il mort de mort naturelle ? L'avait-on tué ?... Qui l'avait tué ?... Voilà ce qu'il est impossible de savoir et ce qui fait faire, mais bien bas, des suppositions épouvantables.

» — Vous avez raison, chevalier, – lui répondis-je, renfonçant en moi plus avant ce que je croyais savoir de plus que lui. – Ce sera toujours un mystère, et même qu'il sera bon d'épaissir jusqu'au jour où l'on n'en soufflera plus un seul mot.

» — En effet, – dit-il, – il n'y a que deux êtres au monde qui savent réellement ce qu'il en est, et il n'est pas probable qu'ils le publient, ajouta-t-il, avec un sourire de côté. – L'un est ce Marmor de Karkoël, parti pour les Grandes Indes, la malle pleine de l'or qu'il nous a gagné. On ne le reverra jamais. L'autre…

» — L'autre ? – fis-je étonné.

» — Ah ! l'autre, – reprit-il, avec un clignement d'œil qu'il croyait bien fin, – il y a encore moins de danger pour l'autre. C'est le confesseur de la comtesse. Vous savez, ce gros abbé de Trudaine, qu'ils ont, par parenthèse, nommé dernièrement au siège de Bayeux.

» — Chevalier, – lui dis-je alors, frappé d'une idée qui m'illumina, mieux que tout le reste, cette femme naturellement cachée, qu'un observateur à lunettes comme le chevalier de Tharsis appelait hypocrite, parce qu'elle avait mis une énergique volonté par-dessus ses passions, peut-être pour en redoubler l'orageux bonheur, – chevalier, vous vous êtes trompé. Le voisinage de la mort n'a pas entrouvert l'âme scellée et murée de cette femme, digne de l'Italie du XVIe siècle plus que de ce temps. La comtesse du Tremblay de Stasseville est morte… comme elle a vécu. La voix du prêtre s'est brisée contre cette nature impénétrable qui a emporté son secret. Si le repentir le lui eût fait verser dans le cœur du ministre de la miséricorde éternelle, on n'aurait rien trouvé dans la jardinière du salon." »

Le conteur avait fini son histoire, ce roman qu'il avait promis et dont il n'avait montré que ce qu'il en savait, c'est-à-dire les extrémités. L'émotion prolongeait le silence. Chacun restait dans sa pensée et complétait, avec le genre d'imagination qu'il avait, ce roman authentique dont on n'avait à juger que quelques détails dépareillés. À Paris, où l'esprit jette si vite l'émotion par la fenêtre, le silence, dans un salon spirituel, après une histoire, est le plus flatteur des succès.

« Quel aimable dessous de cartes ont vos parties de whist ! – dit la baronne de Saint-Albin, joueuse comme une vieille ambassadrice. – C'est très vrai ce que vous disiez. À moitié montré il fait plus d'impression que si l'on avait retourné toutes les cartes et qu'on eût vu tout ce qu'il y avait dans le jeu.

— C'est le fantastique de la réalité, – fit gravement le docteur.

— Ah ! – dit passionnément Mlle Sophie de Revistal, – il en est également de la musique et de la vie. Ce qui fait l'expression de l'une et de l'autre, ce sont les silences bien plus que les accords. »

Elle regarda son amie intime, l'altière comtesse de Damnaglia, au buste inflexible, qui rongeait toujours le bout d'ivoire, incrusté d'or, de son éventail. Que disait l'œil d'acier bleuâtre de la comtesse ?… Je ne la voyais pas, mais son dos, où perlait une sueur légère, avait une physionomie. On prétend que, comme Mme de Stasseville, la comtesse de Damnaglia a la force de cacher bien des passions et bien du bonheur.

« Vous m'avez gâté des fleurs que j'aimais, – dit la baronne de Mascranny, en se retournant de trois quarts vers le romancier. Et, cassant le cou à une rose bien innocente qu'elle prit à son corsage et dont elle éparpilla les débris dans une espèce d'horreur rêveuse :

— Voilà qui est fini ! – ajouta-t-elle ; – je ne porterai plus de résédas. »

La Vengeance d'une femme

Fortiter.

J'ai souvent entendu parler de la hardiesse de la littérature moderne ; mais je n'ai, pour mon compte, jamais cru à cette hardiesse-là. Ce reproche n'est qu'une forfanterie... de moralité. La littérature, qu'on a dit si longtemps l'expression de la société, ne l'exprime pas du tout, – au contraire ; et, quand quelqu'un de plus crâne que les autres a tenté d'être plus hardi, Dieu sait quels cris il a fait pousser ! Certainement, si on veut bien y regarder, la littérature n'exprime pas la moitié des crimes que la société commet mystérieusement et impunément tous les jours, avec une fréquence et une facilité charmantes. Demandez à tous les confesseurs, – qui seraient les plus grands romanciers que le monde aurait eus, s'ils pouvaient raconter les histoires qu'on leur coule dans l'oreille au confessionnal. Demandez-leur le nombre d'incestes (par exemple) enterrés dans les familles les plus fières et les plus élevées, et voyez si la littérature, qu'on accuse tant d'immorale hardiesse, a osé jamais les raconter, même pour en effrayer ! À cela près du petit souffle, – qui n'est qu'un souffle, – et qui passe – comme un souffle – dans le *René* de Chateaubriand, – du religieux Chateaubriand, – je ne sache pas de livre où l'inceste, si commun dans nos mœurs, – en haut comme en bas, et peut-être plus en bas qu'en haut, – ait jamais fait le sujet, franchement abordé, d'un récit qui pourrait tirer de ce sujet des *effets* d'une moralité vraiment tragique. La littérature moderne, à laquelle le bégueulisme jette sa petite pierre, a-t-elle jamais *osé* les histoires de Myrrha, d'Agrippine et d'Œdipe, qui sont des histoires, croyez-moi, toujours et parfaitement vivantes, car je n'ai pas vécu – du moins jusqu'ici – dans un autre enfer que l'enfer social, et j'ai, pour ma part, connu et coudoyé pas mal de Myrrhas, d'Œdipes et d'Agrippines, dans la vie privée et dans le plus beau monde, comme on dit. Parbleu ! cela n'avait jamais lieu comme au théâtre ou dans l'histoire. Mais, à travers les surfaces sociales, les précautions, les peurs et les hypocrisies, cela s'entrevoyait... Je connais – et tout Paris connaît – une Mme Henri III, qui porte en ceinture des chapelets de petites têtes de mort, ciselées dans de l'or, sur des robes de velours bleu, et qui se donne la discipline, mêlant ainsi au ragoût de ses pénitences le ragoût des autres plaisirs de Henri III. Or, qui écrirait l'histoire de cette femme, qui fait des livres de piété, et que les jésuites croient un homme (joli détail plaisant !) et même un saint ?... Il n'y a déjà pas tant d'années que tout Paris a vu une femme du faubourg Saint-Germain prendre à sa mère son amant, et, furieuse de voir cet amant retourner à sa mère qui, vieille, savait mieux pourtant se faire aimer qu'elle, voler les lettres très passionnées de cette dernière à cet homme trop aimé, les faire lithographier et les jeter, par milliers, du *Paradis* (bien nommé pour une action pareille) dans la salle de l'Opéra, un jour de première représentation. Qui a fait l'histoire de cette autre femme-là ?... La pauvre littérature ne saurait même par quel bout prendre de pareilles histoires, pour les raconter.

Et c'est là ce qu'il faudrait faire si on était hardi. L'Histoire a des Tacite et des Suétone ; le Roman n'en a pas, – du moins en restant dans l'ordre élevé et moral du talent et de la littérature. Il est vrai que la langue latine brave l'honnêteté, en païenne qu'elle est, tandis que notre langue, à nous, a été baptisée avec Clovis sur les fonts de Saint-Rémy, et y a puisé une impérissable pudeur, car cette vieille rougit encore. Nonobstant, si on *osait oser*, un Suétone ou un Tacite, romanciers, pourraient exister, car le Roman est spécialement l'histoire des mœurs, mise en récit et en drame, comme l'est souvent l'Histoire elle-même. Et nulle autre différence que celles-ci : c'est que l'un (le Roman) met ses mœurs sous le couvert de personnages d'invention, et que l'autre (l'Histoire) donne les noms et les adresses. Seulement, le Roman creuse bien plus avant que l'Histoire. Il a un idéal, et l'Histoire n'en a pas : elle est bridée par la réalité. Le Roman tient, aussi, bien plus longtemps la scène. Lovelace dure plus, dans Richardson, que

Tibère dans Tacite. Mais, si Tibère, dans Tacite, était détaillé comme Lovelace dans Richardson, croyez-vous que l'Histoire y perdrait et que Tacite ne serait pas plus terrible ?... Certes, je n'ai pas peur d'écrire que Tacite, comme peintre, n'est pas au niveau de Tibère comme modèle, et que, malgré tout son génie, il en est resté écrasé.

Et ce n'est pas tout. À cette défaillance inexplicable, mais frappante, dans la littérature, quand on la compare, dans sa réalité, avec la réputation qu'elle a, ajoutez la physionomie que le crime a pris par ce temps d'ineffables et de délicieux progrès ! L'extrême civilisation enlève au crime son effroyable poésie, et ne permet pas à l'écrivain de la lui restituer. Ce serait par trop horrible, disent les âmes qui veulent qu'on enjolive tout, même l'affreux. Bénéfice de la philanthropie ! d'imbéciles criminalistes diminuent la pénalité, et d'ineptes moralistes le crime, et encore ils ne le diminuent que pour diminuer la pénalité. Cependant, les crimes de l'extrême civilisation sont, certainement, plus atroces que ceux de l'extrême barbarie par le fait de leur raffinement, de la corruption qu'ils supposent, et de leur degré supérieur d'intellectualité. L'Inquisition le savait bien. À une époque où la foi religieuse et les mœurs publiques étaient fortes, l'Inquisition, ce tribunal qui jugeait la pensée, cette grande institution dont l'idée seule tortille nos petits nerfs et escarbouille nos têtes de linottes, l'Inquisition savait bien que les crimes spirituels étaient les plus grands, et elle les châtiait comme tels... Et, de fait, si ces crimes parlent moins aux sens, ils parlent plus à la pensée ; et la pensée, en fin de compte, est ce qu'il y a de plus profond en nous. Il y a donc, pour le romancier, tout un genre de tragique inconnu à tirer de ces crimes, plus intellectuels que physiques, qui semblent moins des crimes à la superficialité des vieilles sociétés matérialistes, parce que le sang n'y coule pas et que le massacre ne s'y fait que dans l'ordre des sentiments et des mœurs... C'est ce genre de tragique dont on a voulu donner ici un échantillon, en racontant l'histoire d'une vengeance de la plus épouvantable originalité, dans laquelle le sang n'a pas coulé, et où il n'y a eu ni fer ni poison ; un crime *civilisé* enfin, dont rien n'appartient à l'invention de celui qui le raconte, si ce n'est la manière de le raconter.

Vers la fin du règne de Louis-Philippe, un jeune homme enfilait, un soir, la rue Basse-du-Rempart qui, dans ce temps-là, méritait bien son nom de rue Basse, car elle était moins élevée que le sol du boulevard, et formait une excavation toujours mal éclairée et noire, dans laquelle on descendait du boulevard par deux escaliers qui se tournaient le dos, si on peut dire cela de deux escaliers. Cette excavation, qui n'existe plus et qui se prolongeait de la rue de la Chaussée-d'Antin à la rue Caumartin, devant laquelle le terrain reprenait son niveau ; cette espèce de ravin sombre, où l'on se risquait à peine le jour, était fort mal hanté quand venait la nuit. Le Diable est le Prince des ténèbres. Il avait là une de ses principautés. Au centre, à peu près, de cette excavation, bordée d'un côté par le boulevard formant terrasse, et, de l'autre, par de grandes maisons silencieuses à portes cochères et quelques magasins de bric-à-brac, il y avait un passage étroit et non couvert où le vent, pour peu qu'il fît du vent, jouait comme dans une flûte, et qui conduisait, le long d'un mur et des maisons en construction, jusqu'à la rue Neuve-des-Mathurins. Le jeune homme en question, et très bien mis du reste, qui venait de prendre ce chemin, lequel ne devait pas être pour lui le droit chemin de la vertu, ne l'avait pris que parce qu'il suivait une femme qui s'était enfoncée, sans hésitation et sans embarras, dans la suspecte noirceur de ce passage. C'était un élégant que ce jeune homme, – un *gant jaune*, comme on disait des élégants de ce temps-là. Il avait dîné longuement au Café de Paris, et il était venu, tout en mâchonnant son cure-dents, se placer contre la balustrade à mi-corps de Tortoni (à présent supprimée), et guigner de là les femmes qui passaient le long du boulevard. Celle-là était justement passée plusieurs fois devant lui ; et, quoique cette circonstance, ainsi que la mise trop *voyante* de cette femme et le tortillement de sa démarche fussent de suffisantes étiquettes ; quoique ce jeune homme, qui s'appelait Robert de Tressignies, fût horriblement blasé et qu'il revînt d'Orient, – où il avait vu l'animal femme dans toutes les variétés de son espèce et de ses races, – à la cinquième passe de cette déambulante du soir, il l'avait suivie... *chiennement*, comme il disait, en se moquant de lui-même, – car il avait la faculté de se regarder faire et de se juger à mesure qu'il agissait, sans que son jugement, très souvent contraire à son acte, empêchât son acte, ou que son acte nuisît à son jugement : asymptote terrible ! Tressignies avait plus de trente ans. Il avait vécu cette niaise première jeunesse qui fait de l'homme le Jocrisse de ses sensations, et pour qui la première venue qui passe est un magnétisme. Il n'en était plus là. C'était un libertin déjà froidi et très compliqué de cette époque positive, un libertin fortement intellectualisé, qui avait assez réfléchi sur ses sensations pour ne plus pouvoir en être dupe, et qui n'avait peur ni horreur d'aucune. Ce qu'il venait de voir, ou ce qu'il avait cru voir, lui avait inspiré la curiosité qui veut aller au fond d'une sensation nouvelle. Il avait donc quitté sa balustrade et suivi... très résolu à pousser à fin la très vulgaire aventure qu'il entrevoyait. Pour lui, en effet, cette femme qui s'en allait devant lui, déferlant onduleusement comme une vague, n'était qu'une fille du plus bas étage ; mais elle était d'une telle beauté qu'on pouvait s'étonner que cette beauté ne l'eût pas classée plus haut, et qu'elle n'eût pas trouvé un amateur qui l'eût sauvée de l'abjection de la rue, car, à Paris, lorsque Dieu y plante une jolie femme, le Diable, en réplique, y plante immédiatement un sot pour l'entretenir.

Et puis, encore, il avait, ce Robert de Tressignies, une autre raison pour la suivre que la souveraine beauté que ne voyaient peut-être pas ces Parisiens, si peu connaisseurs en beauté vraie et dont l'esthétique, démocratisée comme le reste, manque particulièrement de hauteur. Cette femme était pour lui une ressemblance. Elle était cet oiseau moqueur qui joue le rossignol, dont parle Byron, dans ses Mémoires, avec tant de mélancolie. Elle lui rappelait une autre femme, vue ailleurs… Il était sûr, absolument sûr, que ce n'était pas elle, mais elle lui ressemblait à s'y méprendre, si se méprendre n'avait pas été impossible… Et il en était, du reste, plus attiré que surpris, car il avait assez d'expérience, comme observateur, pour savoir qu'en fin de compte il y a beaucoup moins de variété qu'on ne croit dans les figures humaines, dont les traits sont soumis à une géométrie étroite et inflexible, et peuvent se ramener à quelques types généraux. La beauté est une. Seule, la laideur est multiple, et encore sa multiplicité est bien vite épuisée. Dieu a voulu qu'il n'y eût d'infini que la physionomie, parce que la physionomie est une immersion de l'âme à travers les lignes correctes ou incorrectes, pures ou tourmentées, du visage. Tressignies se disait confusément tout cela, en mettant son pas dans le pas de cette femme, qui marchait le long du boulevard, sinueusement, et le coupait comme une faux, plus fière que la reine de Saba du Tintoret lui-même, dans sa robe de satin safran, aux tons d'or, cette couleur aimée des jeunes Romaines, et dont elle faisait, en marchant, miroiter et crier les plis glacés et luisants, comme un appel aux armes ! Exagérément cambrée, comme il est rare de l'être en France, elle s'étreignait dans un magnifique châle turc à larges raies blanches, écarlate et or ; et la plume rouge de son chapeau blanc – splendide de mauvais goût – lui vibrait jusque sur l'épaule. On se souvient qu'à cette époque les femmes portaient des plumes penchées sur leurs chapeaux, qu'elles appelaient des plumes en *saule pleureur*. Mais rien

ne pleurait en cette femme ; et la sienne exprimait bien autre chose que la mélancolie. Tressignies, qui croyait qu'elle allait prendre la rue de
la Chaussée-d'Antin, étincelante de ses mille becs
de lumière, vit avec surprise tout ce luxe piaffant
de courtisane, toute cette fierté impudente de fille
enivrée d'elle-même et des soies qu'elle traînait,
s'enfoncer dans la rue Basse-du-Rempart, la honte
du boulevard de ce temps ! Et l'élégant, aux bottes
vernies, moins brave que la femme, hésita avant
d'entrer *là-dedans*... Mais ce ne fut guères qu'une
seconde... La robe d'or, perdue un instant dans
les ténèbres de ce trou noir, après avoir dépassé
l'unique réverbère qui les tatouait d'un point
lumineux, reluisit au loin, et il s'élança pour la
rejoindre. Il n'eut pas grand-peine : elle l'attendait,
sûre qu'il viendrait ; et ce fut alors qu'au moment
où il la rejoignit elle lui projeta bien en face, pour
qu'il pût en juger, son visage, et lui campa ses
yeux dans les yeux, avec toute l'effronterie de son
métier. Il fut littéralement aveuglé de la magnific-
cence de ce visage empâté de vermillon, mais d'un
brun doré comme les ailes de certains insectes, et
que la clarté blême, tombant en maigre filet du
réverbère, ne pouvait pas pâlir.

« Vous êtes Espagnole ? – fit Tressignies, qui
venait de reconnaître un des plus beaux types de
cette race.

— *Sí* », répondit-elle.

Être Espagnole, à cette époque-là, c'était
quelque chose ! C'était une valeur sur la place.
Les romans d'alors, le théâtre de Clara Gazul, les
poésies d'Alfred de Musset, les danses de Mariano

Camprubi et de Dolorès Serrai, faisaient excessivement priser les femmes orange aux joues de grenade, – et, qui se vantait d'être Espagnole ne l'était pas toujours, mais on s'en vantait. Seulement, elle ne semblait pas plus tenir à sa qualité d'Espagnole qu'à toute autre chose qu'elle aurait fait chatoyer ; et, en français :

« Viens-tu ? » lui dit-elle, à brûle-pourpoint, et avec le tutoiement qu'aurait eu la dernière fille de la rue des Poulies, existant aussi alors. Vous la rappelez-vous ? Une immondice !

Le ton, la voix déjà rauque, cette familiarité prématurée, ce tutoiement si divin – le ciel ! – sur les lèvres d'une femme qui vous aime, et qui devient la plus sanglante des insolences dans la bouche d'une créature pour qui vous n'êtes qu'un passant, auraient suffi pour dégriser Tressignies par le dégoût, mais le Démon le tenait. La curiosité, pimentée de convoitise, dont il avait été mordu, en voyant cette fille qui était plus pour lui que de la chair superbe, tassée dans du satin, lui aurait fait avaler non pas la pomme d'Ève, mais tous les crapauds d'une crapaudière !

« Par Dieu ! – dit-il, – si je viens ! – Comme si elle pouvait en douter ! Je me mettrai à la lessive demain », pensa-t-il.

Ils étaient au bout du passage par lequel on gagnait la rue des Mathurins ; ils s'y engagèrent. Au milieu des énormes moellons qui gisaient là et des constructions qui s'y élevaient, une seule maison restée debout sur sa base, sans voisines, étroite, laide, rechignée, tremblante, qui semblait avoir vu bien du vice et bien du crime à tous les étages de ses vieux murs ébranlés, et qui avait peut-être été laissée là pour en voir encore, se dressait, d'un noir plus sombre, dans un ciel déjà noir. Longue perche de maison aveugle, car aucune de ses fenêtres (et les fenêtres sont les yeux des maisons) n'était éclairée, et qui avait l'air de vous raccrocher en tâtonnant dans la nuit ! Cette horrible maison avait la classique porte entrebâillée des mauvais lieux, et, au fond d'une ignoble allée, l'escalier dont on voit quelques marches éclairées d'en haut, par une lumière honteuse et sale… La femme entra dans cette allée étroite, qu'elle emplit de la largeur de ses épaules et de l'ampleur foisonnante et frissonnante de sa robe ; et, d'un pied accoutumé à de pareilles ascensions, elle monta lestement l'escalier en colimaçon, – image juste, car cet escalier en avait la viscosité… Chose inaccoutumée à ces bouges, en montant, cet abominable escalier s'éclairait : ce n'était plus la lueur épaisse du quinquet puant l'huile qui rampait sur les murs du premier étage, mais une lumière qui, au second, s'élargissait et s'épanouissait jusqu'à la splendeur. Deux griffes de bronze, chargées de bougies, incrustées dans le mur, illuminaient avec un faste étrange une porte, commune d'aspect, sur laquelle était collée, pour qu'on sût chez qui on entrait, la carte où ces filles mettent leur nom, pour que, si elles ont quelque réputation et quelque beauté, le pavillon couvre la marchandise. Surpris de ce luxe si déplacé en pareil lieu, Tressignies fit plus attention à ces torchères, d'un style presque grandiose, qu'une puissante main d'artiste avait tordues, qu'à la carte et au nom de la femme, qu'il n'avait pas besoin de savoir, puisqu'il l'accompagnait. En les regardant, – pendant qu'elle faisait tourner une clef dans la serrure de cette porte si bizarrement ornée et inondée de lumière, le souvenir lui revint des *surprises* des petites maisons du temps de Louis XV. « Cette fille-là aura lu, – pensa-t-il, – quelques romans ou quelques mémoires de ce temps, et elle aura eu la fantaisie de mettre un joli appartement, plein de voluptueuses coquetteries, là où on ne l'aurait jamais soupçonné... » Mais ce qu'il trouva, la porte une fois ouverte, dut redoubler son étonnement, – seulement dans un sens opposé.

Ce n'était, en effet, que l'appartement trivial et désordonné de ces filles-là... Des robes, jetées çà et là confusément sur tous les meubles, et un lit vaste, – le champ de manœuvres, – avec les immorales glaces au fond et au plafond de l'alcôve, disaient bien chez qui on était... Sur la cheminée, des flacons qu'on n'avait pas pensé à reboucher, avant de repartir pour la campagne du soir, croisaient leurs parfums dans l'atmosphère tiède de cette chambre où l'énergie des hommes devait se dissoudre à la troisième respiration... Deux candélabres allumés, du même style que ceux de la porte, brûlaient des deux côtés de la cheminée. Partout, des peaux de bêtes faisaient tapis pardessus le tapis. On avait tout prévu. Enfin, une porte ouverte laissait voir, par-dessous ses portières, un mystérieux cabinet de toilette, la sacristie de ces prêtresses.

Mais, tous ces détails, Tressignies ne les vit que plus tard. Tout d'abord, il ne vit que la fille chez laquelle il venait de monter. Sachant où il était, il ne se gêna pas. Il se mit sans façon sur le canapé, attirant entre ses genoux cette femme qui avait ôté son chapeau et son châle, et qui les avait jetés sur le fauteuil. Il la prit à la taille, comme s'il l'eût bouclée entre ses deux mains jointes, et il la regarda ainsi de bas en haut, comme un buveur qui lève au jour, avant de le boire, le verre de vin qu'il va sabler ! Ses impressions du boulevard n'avaient pas menti. Pour un dégustateur de femmes, pour un homme blasé, mais puissant, elle était véritablement splendide. La ressemblance qui l'avait tant frappé dans les lueurs mobiles et coupées d'ombre du boulevard, cette femme l'avait toujours, en pleine lumière fixe. Seulement, *celle à qui* elle le faisait penser n'avait pas sur son visage, aux traits si semblables qu'ils en paraissaient identiques, cette expression de fierté résolue et presque terrible que le Diable, ce père joyeux de toutes les anarchies, avait refusée à une duchesse et avait donnée – pour quoi en faire ? – à une demoiselle du boulevard. Quand elle eut la tête nue, avec ses cheveux noirs, sa robe jaune, ses larges épaules dont ses hanches dépassaient encore la largeur, elle rappelait la *Judith* de Vernet (un tableau de ce temps), mais par le corps plus fait pour l'amour et par le visage plus féroce encore. Cette férocité sombre venait peut-être d'un pli qui se creusait entre ses deux beaux sourcils, qui se prolongeaient jusque dans les tempes, comme Tressignies en avait vu à quelques Asiatiques, en Turquie, et elle les rapprochait, dans une préoccupation si continue qu'on aurait dit qu'ils étaient barrés. Souffletant contraste ! cette fille avait la taille de son métier ; elle n'en avait pas la figure. Ce corps de courtisane, qui disait si éloquemment : Prends ! – cette coupe d'amour aux flancs arrondis qui invitait la main et les lèvres, étaient surmontés d'un visage qui aurait arrêté le désir par la hauteur de sa physionomie, et pétrifié dans le respect la volupté la plus brûlante... Heureusement, le sourire volontairement assoupli de la courtisane, et dont elle savait profaner la courbure idéalement dédaigneuse de ses lèvres, ralliait bientôt à elle ceux que la fierté cruelle de son visage aurait épouvantés. Au boulevard, elle promenait ce raccrochant sourire, étalé impudiquement sur ses lèvres rouges ; mais, au moment où Tressignies la tenait debout entre ses genoux, elle était sérieuse, et sa tête respirait quelque chose de si étrangement implacable, qu'il ne lui manquait que le sabre recourbé aux mains pour que ce dandy de Tressignies pût, sans fatuité, se croire Holopherne.

Il lui prit ses mains désarmées, et il s'en attesta la beauté suzeraine. Elle lui laissait faire silencieusement tout cet examen de sa personne, et elle le regardait aussi, non pas avec la curiosité futile ou sordidement intéressée de ses pareilles, qui, en vous regardant, vous soupèsent comme de l'or suspect... Évidemment, elle avait une autre pensée que celle du gain qu'elle allait faire ou du plaisir qu'elle allait donner. Il y avait dans les ailes ouvertes de ce nez, aussi expressives que des yeux et par où la passion, comme par les yeux, devait jeter des flammes, une décision suprême comme

La Vengeance d'une femme

celle d'un crime qu'on va accomplir. – « Si l'implacabilité de ce visage était, par hasard, l'implacabilité de l'amour et des sens, quelle bonne fortune
pour elle et pour moi, dans ce temps d'épuise-
ment ! » – pensa Tressignies, qui, avant de s'en
passer la fantaisie, la détaillait comme un cheval
anglais... Lui, l'expérimenté, le fort critique en fait
de femmes, qui avait marchandé les plus belles
filles sur le marché d'Andrinople et qui savait le
prix de la chair humaine, quand elle avait cette
couleur et cette densité, jeta, pour deux heures
de celle-ci, une poignée de louis dans une coupe
de cristal bleu, posée à niveau de main sur une
console, et qui, probablement, n'avait jamais reçu
tant d'or.

« Ah ! je te plais donc ?... – s'écria-t-elle audacieusement et prête à tout, sous l'action du geste
qu'il venait de faire ; peut-être impatientée de cet
examen dans lequel la curiosité semblait plus
forte que le désir, ce qui, pour elle, était une perte
de temps ou une insolence. – Laisse-moi ôter tout
cela », ajouta-t-elle, comme si sa robe lui eût pesé,
et en faisant sauter les deux premiers boutons de
son corsage...

Et elle s'arracha de ses genoux pour aller dans
le cabinet de toilette d'à côté... Prosaïque détail !
voulait-elle *ménager* sa robe ? La robe, c'est l'ou-
til de ces travailleuses... Tressignies, qui rêvait
devant ce visage l'inassouvissement de Messaline, retomba dans la plate banalité. Il se sentit
de nouveau chez la fille – la fille de Paris, malgré
la sublimité d'une physionomie qui jurait cruel-
lement avec le destin de celle qui l'avait. « Bah !

– pensa-t-il encore, – la poésie n'est jamais qu'à la peau avec ces drôlesses, et il ne faut la prendre que là où elle est. »

Et il se promit de l'y prendre, mais il la trouva aussi ailleurs, – et là où, certes, il ne se doutait pas qu'elle fût, la poésie ! Jusque-là, en suivant cette femme, il n'avait obéi qu'à une irrésistible curiosité et à une fantaisie sans noblesse ; mais, quand celle qui les lui avait si vite inspirées sortit du cabinet de toilette, où elle était allée se défaire de tous les caparaçons du soir, et qu'elle revint vers lui, dans le costume, qui n'en était pas un, de gladiatrice qui va combattre, il fut littéralement foudroyé d'une beauté que son œil exercé, cet œil de sculpteur qu'ont les *hommes à femmes*, n'avait pas, au boulevard, devinée tout entière, à travers les souffles révélateurs de la robe et de la démarche. Le tonnerre entrant tout à coup, au lieu d'elle, par cette porte, ne l'aurait pas mieux foudroyé... Elle n'était pas entièrement nue ; mais c'était pis ! Elle était bien plus indécente, – bien plus révoltamment indécente que si elle eût été franchement nue. Les marbres sont nus, et la nudité est chaste. C'est même la bravoure de la chasteté. Mais cette fille, scélératement impudique, qui se serait allumée elle-même, comme une des torches vivantes des jardins de Néron, pour mieux incendier les sens des hommes, et à qui son métier avait sans doute appris les plus basses rubriques de la corruption, avait combiné la transparence insidieuse des voiles et *l'osé* de la chair, avec le génie et le mauvais goût d'un libertinage atroce, car, qui ne le sait ? en libertinage, le mauvais goût est une puissance… Par le détail de cette toilette, monstrueusement provocante, elle rappelait à Tressignies cette statuette indescriptible devant laquelle il s'était parfois arrêté, exposée qu'elle était chez tous les marchands de bronze du Paris d'alors, et sur le socle de laquelle on ne lisait que ce mot mystérieux : « Madame Husson ». Dangereux rêve obscène ! Le rêve était ici une réalité. Devant cette irritante réalité, devant cette beauté absolue, mais qui n'avait pas la froideur qu'a trop souvent la beauté absolue, Tressignies, *retour de Turquie*, aurait été le plus blasé des pachas à trois queues qu'il eût retrouvé les sens d'un chrétien, et même d'un anachorète. Aussi, quand, très sûre des bouleversements qu'elle était accoutumée à produire, elle vint impétueusement à lui, et qu'elle lui poussa, à hauteur de la bouche, l'éventaire des magnificences savoureuses de son corsage, avec le mouvement retrouvé de la courtisane qui tente le Saint dans le tableau de Paul Véronèse, Robert de Tressignies, qui n'était pas un saint, eut la fringale… de ce qu'elle lui offrait, et il la prit dans ses bras, cette brutale tentatrice, avec une fougue qu'elle partagea, car elle s'y était jetée. Se jetait-elle ainsi dans tous les bras qui se fermaient sur elle ? Si supérieure qu'elle fût dans son métier ou dans son art de courtisane, elle fut, ce soir-là, d'une si furieuse et si hennissante ardeur, que même l'emportement de sens exceptionnels ou malades n'aurait pas suffi pour l'expliquer. Était-elle au début de cette horrible vie de fille, pour la faire avec une semblable furie ? Mais, vraiment, c'était quelque chose de si fauve et de si acharné, qu'on aurait dit qu'elle voulait laisser sa vie ou prendre celle d'un autre dans chacune de ses caresses. En ce temps-là, ses pareilles à Paris, qui ne trouvaient pas assez sérieux le joli nom de « lorettes » que la littérature leur avait donné et qu'a immortalisé Gavarni, se faisaient appeler orientalement des « panthères ». Eh bien ! aucune d'elles n'aurait mieux justifié ce nom de panthère... Elle en eut, ce soir-là, la souplesse, les enroulements, les bonds, les égratignements et les morsures. Tressignies put s'attester qu'aucune des femmes qui lui étaient jusque-là passées par les bras ne lui avait donné les sensations inouïes que lui donna cette créature, folle de son corps à rendre la folie contagieuse, et pourtant il avait aimé, Tressignies. Mais, faut-il le dire à la gloire ou à la honte de la nature humaine ? Il y a dans ce qu'on appelle le plaisir, avec trop de mépris peut-être, des abîmes tout aussi profonds que dans l'amour. Était-ce dans ces abîmes qu'elle le roula, comme la mer roule un fort nageur dans les siens ? Elle dépassa, et bien au-delà, ses plus coupables souvenirs de mauvais sujet, et même jusqu'aux rêves d'une imagination comme la sienne, tout à la fois violente et corrompue. Il oublia tout, – et ce qu'elle était, et ce pour quoi il était venu, et cette maison, et cet appartement dont il avait eu presque, en y entrant, la nausée. Positivement, elle lui soutira son âme, à lui, dans son corps, à elle... Elle lui enivra jusqu'au délire des sens difficiles à griser. Elle le combla enfin de telles voluptés, qu'il arriva un moment où l'athée à l'amour, le sceptique à tout, eut la pensée folle d'une fantaisie éclose tout à coup dans cette femme, qui faisait marchandise de son corps. Oui, Robert de Tressignies, qui avait presque dans la trempe la froideur d'acier de son patron Robert Lovelace, crut avoir inspiré au moins un caprice à cette prostituée, qui ne pouvait être ainsi avec tous les autres, sous peine de bientôt périr consumée. Il le crut deux minutes, comme un imbécile, cet homme si fort ! Mais la vanité qu'elle avait allumée, au feu d'un plaisir cuisant comme l'amour, eut soudainement, entre deux caresses, le petit frisson d'un doute subit... Une voix lui cria du fond de son être : « Ce n'est pas toi qu'elle aime en toi ! » car il venait de la surprendre, dans le temps où elle était le plus panthère et le plus souplement nouée à lui, distraite de lui et toute perdue dans l'absorbante contemplation d'un bracelet qu'elle avait au bras, et sur lequel Tressignies avisa le portrait d'un homme. Quelques mots en langue espagnole, que Tressignies, qui ne savait pas cette langue, ne comprit pas, mêlés à ses cris de bacchante, lui semblèrent à l'adresse de ce portrait. Alors, l'idée qu'il *posait pour un autre*, – qu'il était là pour le compte d'un autre, – ce fait, malheureusement si commun dans nos misérables mœurs, avec l'état surchauffé et dépravé de nos imaginations, ce dédommagement de l'impossible dans les âmes enragées qui ne peuvent avoir l'objet de leur désir, et qui se jettent sur l'apparence, se saisit violemment de son esprit et le glaça de férocité. Dans un de ces accès de jalousie absurde et de vanité tigre dont l'homme n'est pas maître, il lui saisit le bras durement, et voulut voir ce bracelet qu'elle regardait avec une flamme qui, certainement, n'était pas pour lui, quand tout, de cette femme, devait être à lui dans un pareil moment.

« Montre-moi ce portrait ! » lui dit-il, avec une voix encore plus dure que sa main.

Elle avait compris ; mais, sans orgueil :

« Tu ne peux pas être jaloux d'une fille comme moi », lui dit-elle. Seulement, ce ne fut pas le mot de *fille* qu'elle employa. Non, à la stupéfaction de Tressignies, elle se rima elle-même en *tain*, comme un crocheteur qui l'aurait insultée. « Tu veux le voir ! – ajouta-t-elle. – Eh bien ! regarde. »

Et elle lui coula près des yeux son beau bras, fumant encore de la sueur enivrante du plaisir auquel ils venaient de se livrer.

C'était le portrait d'un homme laid, chétif, au teint olive, aux yeux noirs jaunes, très sombre, mais non pas sans noblesse ; l'air d'un bandit ou d'un grand d'Espagne. Et il fallait bien que ce fût un grand d'Espagne, car il avait au cou le collier de la Toison d'Or.

« Où as-tu pris cela ? » fit Tressignies, qui pensa : Elle va me faire un conte. Elle va me débiter la séduction d'usage, le roman du *premier*, l'histoire connue qu'elles débitent toutes...

« Pris ! – repartit-elle, révoltée. – C'est bien lui, POR DIOS, qui me l'a donné !

— Qui lui ? ton amant, sans doute ? – dit Tressignies. – Tu l'auras trahi. Il t'aura chassée, et tu auras roulé jusqu'ici.

— Ce n'est pas mon amant, – fit-elle froidement, avec l'insensibilité du bronze, à l'outrage de cette supposition.

La Vengeance d'une femme

— Peut-être ne l'est-il plus, – dit Tressignies. – Mais tu l'aimes encore : je l'ai vu tout à l'heure dans tes yeux. »

Elle se mit à rire amèrement.

« Ah ! tu ne connais donc rien ni à l'amour, ni à la haine ? – s'écria-t-elle. – Aimer cet homme ! mais je l'exècre ! C'est mon mari.

— Ton mari !

— Oui, mon mari, – fit-elle, – le plus grand seigneur des Espagnes, trois fois duc, quatre fois marquis, cinq fois comte, grand d'Espagne à plusieurs grandesses, Toison d'Or. Je suis la duchesse d'Arcos de Sierra-Leone. »

Tressignies, presque terrassé par ces incroyables paroles, n'eut pas le moindre doute sur la vérité de cette renversante affirmation. Il était sûr que cette fille n'avait pas menti. Il venait de la reconnaître. La ressemblance qui l'avait tant frappé au boulevard était justifiée.

Il l'avait rencontrée déjà, et il n'y avait pas si longtemps ! C'était à Saint-Jean-de-Luz, où il était allé passer la saison des bains une année. Précisément, cette année-là, la plus haute société espagnole s'était donné rendez-vous sur la côte de France, dans cette petite ville, qui est si près de l'Espagne qu'on s'y rêverait en Espagne encore, et que les Espagnols les plus épris de leur péninsule peuvent y venir en villégiature, sans croire faire une infidélité à leur pays. La duchesse de Sierra-Leone avait habité tout un été cette bourgade, si profondément espagnole par les mœurs, le caractère, la physionomie, les souvenirs historiques ; car on se rappelle que c'était là que furent célébrées les fêtes du mariage de Louis XIV, le seul roi de France qui, par parenthèse, ait ressemblé à un roi d'Espagne, et que c'est là aussi que vint échouer, après son naufrage, la grande fortune démâtée de la princesse des Ursins. La duchesse de Sierra-Leone était alors, disait-on, dans la lune de miel de son mariage avec le plus grand et le plus opulent seigneur de l'Espagne. Quand, de son côté, Tressignies arriva dans ce nid de pêcheurs qui a donné les plus terribles flibustiers au monde, elle y étalait un faste qu'on n'y connaissait plus depuis Louis XIV, et, parmi ces Basquaises qui, en fait de beauté, ne craignent la rivalité de personne, avec leurs tailles de canéphores antiques et leurs yeux d'aigue-marine, si pâlement pers, une beauté qui pourtant terrassait la leur. Attiré par cette beauté, et d'ailleurs d'une naissance et d'une fortune à pouvoir pénétrer dans tous les mondes, Robert de Tressignies s'efforça d'aller jusqu'à elle, mais le groupe de société espagnole dont la duchesse était la souveraine, strictement fermé cette année-là, ne s'ouvrit à aucun des Français qui passèrent la saison à Saint-Jean-de-Luz. La duchesse, entrevue de loin, ou sur les dunes du rivage, ou à l'église, repartit sans qu'il pût la connaître, et, pour cette raison, elle lui était restée dans le souvenir comme un de ces météores, d'autant plus brillants dans notre mémoire qu'ils ont passé et que nous ne les reverrons jamais ! Il parcourut la Grèce et une partie de l'Asie ; mais aucune des créatures les plus admirables de ces pays, où la beauté tient tant de place qu'on ne conçoit pas le paradis sans elle, ne put lui effacer la tenace et flamboyante image de la duchesse.

Eh bien !, aujourd'hui, par le fait d'un hasard étrange et incompréhensible, cette duchesse, admirée un instant et disparue, revenait dans sa vie par le plus incroyable des chemins ! Elle faisait un métier infâme ; il l'avait achetée. Elle venait de lui appartenir. Elle n'était plus qu'une prostituée, et encore de la prostitution la plus basse, car il y a une hiérarchie jusque dans l'infamie... La superbe duchesse de Sierra-Leone, qu'il avait rêvée et peut-être aimée, – le rêve étant si près de l'amour dans nos âmes ! – n'était plus... était-ce bien possible ? qu'une fille du pavé de Paris !!! C'était elle qui venait de se rouler dans ses bras tout à l'heure, comme elle s'était roulée probablement, la veille, dans les bras d'un autre, – le premier venu comme lui, – et comme elle se roulerait encore dans les bras d'un troisième demain, et, qui sait ? peut-être dans une heure ! Ah ! cette découverte abominable le frappait à la poitrine et au front d'un coup de massue de glace. L'homme, en lui, qui flambait il n'y avait qu'une minute, – qui, dans son délire, croyait voir courir du feu jusque sur les corniches de cet appartement, embrasé par ses sensations, restait désenivré, transi, écrasé. L'idée, la certitude que c'était là réellement la duchesse de Sierra-Leone, n'avait pas ranimé ses désirs, éteints aussi vite qu'une chandelle qu'on souffle, et ne lui avait pas fait remettre sa bouche, avec plus d'avidité que la première fois, au feu brûlant où il avait bu à pleines gorgées. En se révélant, la duchesse avait emporté jusqu'à la courtisane ! Il n'y avait plus ici, pour lui, que la duchesse ; mais dans quel état ! souillée, abîmée, perdue, une femme à la mer, tombée de plus haut que du rocher de Leucade dans une mer de boue, immonde et dégoûtante à ne pouvoir l'y repêcher. Il la fixait d'un œil hébété, assise droite et sombre, métamorphosée et tragique ; de Messaline, changée tout à coup il ne savait en quelle mystérieuse Agrippine, sur l'extrémité du canapé où ils s'étaient vautrés tous deux ; et l'envie ne le prenait pas de la toucher du bout du doigt, cette créature dont il venait de pétrir, avec des mains idolâtres, les formes puissantes, pour s'attester que c'était bien là ce corps de femme qui l'avait fait bouillonner, – que ce n'était pas une illusion, – qu'il ne rêvait pas, – qu'il n'était pas fou ! La duchesse, en émergeant à travers la fille, l'avait anéanti.

« Oui, – lui dit-il, d'une voix qu'il s'arracha de la gorge où elle était collée, tant ce qu'il avait entendu l'avait strangulé ! – je *vous* crois (il ne la tutoyait déjà plus), car je vous reconnais. Je vous ai vue à Saint-Jean-de-Luz, il y a trois ans. »

À ce nom rappelé de Saint-Jean-de-Luz, une clarté passa sur le front qui venait pour lui de s'envelopper, avec son incroyable aveu, dans de si prodigieuses ténèbres. – « Ah ! – dit-elle, sous la lueur de ce souvenir, – j'étais alors dans toutes les ivresses de la vie, et à présent… »

L'éclair était déjà éteint, mais elle n'avait pas baissé sa tête volontaire.

« Et à présent ?… – dit Tressignies, qui lui fit écho.

— À présent, – reprit-elle, – je ne suis plus que

dans l'ivresse de la vengeance... Mais je la ferai assez profonde, – ajouta-t-elle avec une violence concentrée, – pour y mourir, dans cette vengeance, comme les *mosquitos* de mon pays, qui meurent, gorgés de sang, dans la blessure qu'ils ont faite. »

Et, lisant sur le visage de Tressignies : « Vous ne comprenez pas, – dit-elle, – mais je m'en vais vous faire comprendre. Vous savez qui je suis, mais vous ne savez pas tout ce que je suis. Voulez-vous le savoir ? Voulez-vous savoir mon histoire ? Le voulez-vous ? – reprit-elle avec une insistance exaltée. – Moi, je voudrais la dire à tous ceux qui viennent ici ! Je voudrais la raconter à toute la terre ! J'en serais plus infâme, mais j'en serais mieux vengée.

— Dites-la ! » – fit Tressignies, crocheté par une curiosité et un intérêt qu'il n'avait jamais ressentis à ce degré, ni dans la vie, ni dans les romans, ni au théâtre. Il lui semblait bien que cette femme allait lui raconter de ces choses comme il n'en avait pas entendu encore. Il ne pensait plus à sa beauté. Il la regardait comme s'il avait désiré assister à l'autopsie de son cadavre. Allait-elle le faire revivre pour lui ?...

« Oui, – reprit-elle, – j'ai voulu bien des fois déjà la raconter à ceux qui montent ici ; mais ils n'y montent pas, disent-ils, pour écouter des his-toires. Lorsque je la leur commençais, ils m'inter-rompaient ou ils s'en allaient, brutes repues de ce qu'elles étaient venues chercher ! Indifférents, moqueurs, insultants, ils m'appelaient menteuse ou bien folle. Ils ne me croyaient pas, tandis que vous, vous me croirez. Vous, vous m'avez vue à

Saint-Jean-de-Luz, dans toutes les gloires d'une femme heureuse, au plus haut sommet de la vie, portant comme un diadème ce nom de Sierra-Leone que je traîne maintenant à la queue de ma robe dans toutes les fanges, comme on traînait à la queue d'un cheval, autrefois, le blason d'un chevalier déshonoré. Ce nom, que je hais et dont je ne me pare que pour l'avilir, est encore porté par le plus grand seigneur des Espagnes et le plus orgueilleux de tous ceux qui ont le privilège de rester couverts devant Sa Majesté le Roi, car il se croit dix fois plus noble que le Roi. Pour le duc d'Arcos de Sierra-Leone, que sont toutes les plus illustres maisons qui ont régné sur les Espagnes : Castille, Aragon, Transtamare, Autriche et Bourbon ?... Il est, dit-il, plus ancien qu'elles. Il descend, lui, des anciens rois Goths, et par Brunehild il est allié aux Mérovingiens de France. Il se pique de n'avoir dans les veines que de ce *sangre azul* dont les plus vieilles races, dégradées par des mésalliances, n'ont plus maintenant que quelques gouttes... Don Christoval d'Arcos, duc de Sierra-Leone et *otros ducados*, ne s'était pas, lui, mésallié en m'épousant. Je suis une Turre-Cremata, de l'ancienne maison des Turre-Cremata d'Italie, la dernière des Turre-Cremata, race qui finit en moi, bien digne du reste de porter ce nom de Turre-Cremata (tour brûlée), car je suis brûlée à tous les feux de l'enfer. Le grand inquisiteur Torquemada, qui était un Turre-Cremata d'origine, a infligé moins de supplices, pendant toute sa vie, qu'il n'y en a dans ce sein maudit... Il faut vous dire que les Turre-Cremata n'étaient pas moins fiers

La Vengeance d'une femme   101

que les Sierra-Leone. Divisés en deux branches, également illustres, ils avaient été, durant des siècles, tout-puissants en Italie et en Espagne. Au XVe, sous le pontificat d'Alexandre VI, les Borgia, qui voulurent, dans leur enivrement de la grande fortune de la papauté d'Alexandre, s'apparenter à toutes les maisons royales de l'Europe, se dirent nos parents ; mais les Turre-Cremata repoussèrent cette prétention avec mépris, et deux d'entre eux payèrent de leur vie cette audacieuse hauteur. Ils furent, dit-on, empoisonnés par César. Mon mariage avec le duc de Sierra-Leone fut une affaire de race à race. Ni de son côté, ni du mien, il n'entra de sentiment dans notre union. C'était tout simple qu'une Turre-Cremata épousât un Sierra-Leone. C'était tout simple, même pour moi, élevée dans la terrible étiquette des vieilles maisons d'Espagne qui représentait celle de l'Escurial, dans cette dure et compressive étiquette qui empê- cherait les cœurs de battre, si les cœurs n'étaient pas plus forts que ce corset de fer. Je fus un de ces cœurs-là... J'aimai Don Esteban. Avant de le rencontrer, mon mariage sans bonheur de cœur (j'ignorais même que j'en eusse un) fut la chose grave qu'il était autrefois dans la cérémonieuse et catholique Espagne, et qui ne l'est plus, à présent, que par exception, dans quelques familles de haute classe qui ont gardé les mœurs antiques. Le duc de Sierra-Leone était trop profondément Espagnol pour ne pas avoir les mœurs du passé. Tout ce que vous avez entendu dire en France de la gra- vité de l'Espagne, de ce pays altier, silencieux et sombre, le duc l'avait et l'outrepassait... Trop fier pour vivre ailleurs que dans ses terres, il habitait un château féodal, sur la frontière portugaise, et il s'y montrait, dans toutes ses habitudes, plus féodal que son château. Je vivais là, près de lui, entre mon confesseur et mes caméristes, de cette vie somptueuse, monotone et triste, qui aurait écrasé d'ennui toute âme plus faible que la mienne. Mais j'avais été élevée pour être ce que j'étais : l'épouse d'un grand seigneur espagnol. Puis, j'avais la religion d'une femme de mon rang, et j'étais presque aussi impassible que les portraits de mes aïeules qui ornaient les vestibules et les salles du château de Sierra-Leone, et qu'on y voyait représentées, avec leurs grandes mines sévères, dans leurs garde-infants et sous leurs buses d'acier. Je devais ajouter une génération de plus à ces générations de femmes irréprochables et majestueuses, dont la vertu avait été gardée par la fierté comme une fontaine par un lion. La solitude dans laquelle je vivais ne pesait point sur mon âme, tranquille comme les montagnes de marbre rouge qui entourent Sierra-Leone. Je ne soupçonnais pas que sous ces marbres dormait un volcan. J'étais dans les limbes d'avant la naissance, mais j'allais naître et recevoir d'un seul regard d'homme le baptême de feu. Don Esteban, marquis de Vasconcellos, de race portugaise, et cousin du duc, vint à Sierra-Leone ; et l'amour, dont je n'avais eu l'idée que par quelques livres mystiques, me tomba sur le cœur comme un aigle tombe à pic sur un enfant qu'il enlève et qui crie... Je criai aussi. Je n'étais pas pour rien une Espagnole de vieille race. Mon orgueil s'insurgea contre ce que je sentais en présence de ce dangereux Esteban, qui s'emparait de moi avec cette révoltante puissance. Je dis au duc de le congédier sous un prétexte ou sous un autre, de lui faire au plus vite quitter le château…, que je m'apercevais qu'il avait pour moi un amour qui m'offensait comme une insolence. Mais don Christoval me répondit, comme le duc de Guise à l'avertissement que Henri III l'assassinerait : "Il n'oserait !" C'était le mépris du Destin, qui se vengea en s'accomplissant. Ce mot me jeta à Esteban… »

Elle s'arrêta un instant ; – et il l'écoutait, parlant cette langue élevée qui, à elle seule, lui aurait affirmé, s'il avait pu en douter, qu'elle était bien ce qu'elle disait : la duchesse de Sierra-Leone. Ah ! la fille du boulevard était alors entièrement effacée. On eût juré d'un masque tombé, et que la vraie figure, la vraie personne, reparaissait. L'attitude de ce corps effréné était devenue chaste. Tout en parlant, elle avait pris derrière elle un châle, oublié au dos du canapé, et elle s'en était enveloppée… Elle en avait ramené les plis sur ce sein *maudit*, – comme elle l'avait nommé, – mais auquel la prostitution n'avait pu enlever la perfection de sa rondeur et sa fermeté virginale. Sa voix même avait perdu la raucité qu'elle avait dans la rue… Était-ce une illusion produite par ce qu'elle disait ? mais il semblait à Tressignies que cette voix était d'un timbre plus pur, – qu'elle avait repris sa noblesse.

« Je ne sais pas, – continua-t-elle, – si les autres femmes sont comme moi. Mais cet orgueil incrédule de don Christoval, ce dédaigneux et tranquille : "Il n'oserait !" en parlant de l'homme que j'aimais, m'insulta pour lui, qui, déjà, dans le fond de mon être, avait pris possession de moi comme un Dieu. "Prouve-lui que tu oseras !" – lui dis-je, le soir même, en lui déclarant mon amour. Je n'avais pas besoin de le lui dire. Esteban m'adorait depuis le premier jour qu'il m'avait vue. Notre amour avait eu la simultanéité de deux coups de pistolet tirés en même temps, et qui tuent... J'avais fait mon devoir de femme espagnole en avertissant don Christoval. Je ne lui devais que ma vie, puisque j'étais sa femme, car le cœur n'est pas libre d'aimer ; et, ma vie, il l'aurait prise très certainement, en mettant à la porte de son château don Esteban, comme je le voulais. Avec la folie de mon cœur déchaîné, je serais morte de ne plus le voir, et je m'étais exposée à cette terrible chance. Mais puisque lui, le duc, mon mari, ne m'avait pas comprise, puisqu'il se croyait si au-dessus de Vasconcellos, qu'il lui paraissait impossible que celui-ci élevât les yeux et son hommage jusqu'à moi, je ne poussai pas plus loin l'héroïsme conjugal contre un amour qui était mon maître... Je n'essaierai pas de vous donner l'idée exacte de cet amour. Vous ne me croiriez peut-être pas, vous non plus... Mais qu'importe, après tout, ce que vous penserez ! Croyez-moi, ou ne me croyez pas ! ce fut un amour tout à la fois brûlant et chaste, un amour chevaleresque, romanesque, presque idéal, presque mystique. Il est vrai que nous avions vingt ans à peine, et que nous étions du pays des Bivar, d'Ignace de Loyola et de sainte Thérèse, Ignace, ce chevalier de la Vierge, n'aimait pas plus purement la Reine des cieux que ne m'aimait Vasconcellos ;

La Vengeance d'une femme

et moi, de mon côté, j'avais pour lui quelque chose
de cet amour extatique que sainte Thérèse avait
pour son Époux divin. L'adultère, fi donc ! Est-ce
que nous pensions que nous pouvions être adul-
tères ? Le cœur battait si haut dans nos poitrines,
nous vivions dans une atmosphère de sentiments
si transcendants et si élevés, que nous ne sentions
en nous rien des mauvais désirs et des sensualités
des amours vulgaires. Nous vivions en plein azur
du ciel ; seulement ce ciel était africain, et cet azur
était du feu. Un tel état d'âmes aurait-il duré ?
Était-ce bien possible qu'il durât ? Ne jouions-nous
pas là, sans le savoir, sans nous en douter, le jeu
le plus dangereux pour de faibles créatures, et ne
devions-nous pas être précipités, dans un temps
donné, de cette hauteur immaculée ?... Esteban
était pieux comme un prêtre, comme un chevalier
portugais du temps d'Albuquerque ; moi, je valais
assurément moins que lui, mais j'avais en lui et
dans la pureté de son amour une foi qui enflam-
mait la pureté du mien. Il m'avait dans son cœur,
comme une madone dans sa niche d'or, – avec
une lampe à ses pieds, – une lampe inextinguible.
Il aimait mon âme pour mon âme. Il était de ces
rares amants qui veulent grande la femme qu'ils
adorent. Il me voulait noble, dévouée, héroïque,
une grande femme de ces temps où l'Espagne
était grande. Il aurait mieux aimé me voir faire
une belle action que de valser avec moi souffle
à souffle ! Si les anges pouvaient s'aimer entre
eux devant le trône de Dieu, ils devraient s'aimer
comme nous nous aimions... Nous étions tellement fondus l'un dans l'autre, que nous passions

de longues heures ensemble et seuls, la main dans la main, les yeux dans les yeux, pouvant tout, puisque nous étions seuls, mais tellement heureux que nous ne désirions pas davantage. Quelquefois, ce bonheur immense qui nous inondait nous faisait mal à force d'être intense, et nous désirions mourir, mais l'un avec l'autre ou l'un pour l'autre, et nous comprenions alors le mot de sainte Thérèse : *Je meurs de ne pouvoir mourir !* ce désir de la créature finie succombant sous un amour infini, et croyant faire plus de place à ce torrent d'amour infini par le brisement des organes et la mort. Je suis maintenant la dernière des créatures souillées ; mais, dans ce temps-là, croirez-vous que jamais les lèvres d'Esteban n'ont touché les miennes, et qu'un baiser déposé par lui sur une rose, et repris par moi, me faisait évanouir ? Du fond de l'abîme d'horreur où je me suis volontairement plongée, je me rappelle à chaque instant, pour mon supplice, ces délices divines de l'amour pur dans lesquelles nous vivions, perdus, éperdus, et si transparents, sans doute, dans l'innocence de cet amour sublime, que don Christoval n'eut pas grand-peine à voir que nous nous adorions. Nous vivions la tête dans le ciel. Comment nous apercevoir qu'il était jaloux, et de quelle jalousie ! De la seule dont il fût capable : de la jalousie de l'orgueil. Il ne nous surprit pas. On ne surprend que ceux qui se cachent. Nous ne nous cachions pas. Pourquoi nous serions-nous cachés ? Nous avions la candeur de la flamme en plein jour qu'on aperçoit dans le jour même, et, d'ailleurs, le bonheur débordait trop de nous pour qu'on ne le vît pas, et le duc le vit ! Cela creva enfin les yeux à son orgueil, cette splendeur d'amour ! Ah ! Esteban avait *osé* ! Moi aussi ! Un soir nous étions comme nous étions toujours, comme nous passions notre vie depuis que nous nous aimions, tête à tête, unis par le regard seul ; lui, à mes pieds, devant moi, comme devant la Vierge Marie, dans une contemplation si profonde que nous n'avions besoin d'aucune caresse. Tout à coup, le duc entra avec deux Noirs qu'il avait ramenés des colonies espagnoles, dont il avait été longtemps gouverneur. Nous ne les aperçûmes pas, dans la contemplation céleste qui enlevait nos âmes en les unissant, quand la tête d'Esteban tomba lourdement sur mes genoux. Il était étranglé ! Les Noirs lui avaient jeté autour du cou ce terrible *lazo* avec lequel on étrangle au Mexique les taureaux sauvages. Ce fut la foudre pour la rapidité ! Mais la foudre qui ne me tua pas. Je ne m'évanouis point, je ne criai pas. Nulle larme ne jaillit de mes yeux. Je restai muette et rigide, dans un état sans nom d'horreur, d'où je ne sortis que par un déchirement de tout mon être. Je sentis qu'on m'ouvrait la poitrine et qu'on m'en arrachait le cœur. Hélas ! ce n'était pas à moi qu'on l'arrachait : c'était à Esteban, à ce cadavre d'Esteban qui gisait à mes pieds, étranglé, la poitrine fendue, fouillée, comme un sac, par les mains de ces monstres ! J'avais ressenti, tant j'étais par l'amour devenue lui, ce qu'aurait senti Esteban s'il avait été vivant. J'avais ressenti la douleur que ne sentait pas son cadavre, et c'était cela qui m'avait tirée de l'horreur dans laquelle je m'étais figée quand ils me l'avaient étranglé. Je me jetai à eux : "À mon tour !" leur criai-je. Je voulais mourir de la même mort, et je tendis ma tête à l'infâme lacet. Ils allaient la prendre. – "On ne *touche pas à la reine*", fit le duc, cet orgueilleux duc qui se croyait plus que le Roi, et il les fit reculer en les fouettant de son fouet de chasse. "Non ! vous vivrez, Madame, me dit-il, mais pour *penser toujours* à ce que vous allez voir..." Et il siffla. Deux énormes chiens sauvages accoururent.

» "Qu'on fasse manger – dit-il – le cœur de ce traître à ces chiens !" – Oh ! à cela, je ne sais quoi se redressa en moi :

» "Allons donc, venge-toi mieux ! – lui dis-je. – C'est à moi qu'il faut le faire manger !"

» Il resta comme épouvanté de mon idée... "Tu l'aimes donc furieusement ?" – reprit-il. – Ah ! je l'aimais d'un amour qu'il venait d'exaspérer. Je l'aimais à n'avoir ni peur ni dégoût de ce cœur saignant, plein de moi, chaud de moi encore, et j'aurais voulu le mettre dans le mien, ce cœur... Je le demandai à genoux, les mains jointes ! Je voulais épargner, à ce noble cœur adoré, cette profanation impie, sacrilège... J'aurais communié avec ce cœur, comme avec une hostie. N'était-il pas mon Dieu ?... La pensée de Gabrielle de Vergy, dont nous avions lu, Esteban et moi, tant de fois l'histoire ensemble, avait surgi en moi. Je l'enviais !... Je la trouvais heureuse d'avoir fait de sa poitrine un tombeau vivant à l'homme qu'elle avait aimé. Mais la vue d'un amour pareil rendit le duc atrocement implacable. Ses chiens dévorèrent le cœur d'Esteban devant moi. Je le leur disputai ; je me battis avec ces chiens. Je ne pus le leur

La Vengeance d'une femme

arracher. Ils me couvrirent d'affreuses morsures, et traînèrent et essuyèrent à mes vêtements leurs gueules sanglantes. »

Elle s'interrompit. Elle était devenue livide à ces souvenirs... et, haletante, elle se leva d'un mouvement forcené, et, tirant à elle un tiroir de commode par sa poignée de bronze, elle montra à Tressignies une robe en lambeaux, teinte de sang à plusieurs places :

« Tenez ! – dit-elle, – c'est là le sang du cœur de l'homme que j'aimais et que je n'ai pu arracher aux chiens ! Quand je me retrouve seule dans l'exécrable vie que je mène, quand le dégoût m'y prend, quand la boue m'en monte à la bouche et m'étouffe, quand le génie de la vengeance faiblit en moi, que l'ancienne duchesse revient et que la fille m'épouvante, je m'entortille dans cette robe, je vautre mon corps souillé dans ses plis rouges, toujours brûlants pour moi, et j'y réchauffe ma vengeance. C'est un talisman que ces haillons sanglants ! Quand je les ai autour du corps, la rage de le venger me reprend aux entrailles, et je me retrouve de la force, à ce qu'il me semble, pour une éternité ! »

Tressignies frémissait, en écoutant cette femme effrayante. Il frémissait de ses gestes, de ses paroles, de sa tête, devenue une tête de Gorgone : il lui semblait voir autour de cette tête les serpents que cette femme avait dans le cœur. Il commençait alors de comprendre – le rideau se tirait ! – ce mot *vengeance*, qu'elle disait tant, – qui lui flambait toujours aux lèvres !

« La vengeance ! oui, – reprit-elle, – vous com-

prenez, maintenant, ce qu'elle est, ma vengeance !
Ah ! je l'ai choisie entre toutes comme on choisit
de tous les genres de poignards celui qui doit faire
le plus souffrir, le cric dentelé qui doit le mieux
déchirer l'être abhorré qu'on tue. Le tuer simplement cet homme, et d'un coup ! je ne le voulais
pas. Avait-il tué, lui, Vasconcellos avec son épée,
comme un gentilhomme ? Non ! il l'avait fait tuer
par des valets. Il avait fait jeter son cœur aux
chiens, et son corps au charnier peut-être ! Je ne le
savais pas. Je ne l'ai jamais su. Le tuer, pour tout
cela ? Non ! c'était trop doux et trop rapide ! Il fallait quelque chose de plus lent et de plus cruel...
D'ailleurs, le duc était brave. Il ne craignait pas
la mort. Les Sierra-Leone l'ont affrontée à toutes
les générations. Mais son orgueil, son immense
orgueil était lâche, quand il s'agissait de déshonneur. Il fallait donc l'atteindre et le crucifier dans
son orgueil. Il fallait donc déshonorer son nom
dont il était si fier. Eh bien ! je me jurai que, ce
nom, je le tremperais dans la plus infecte des
boues, que je le changerais en honte, en immondice, en excrément ! et pour cela je me suis faite
ce que je suis, – une fille publique, – la fille Sierra-
Leone, qui vous a raccroché ce soir !... »

Elle dit ces dernières paroles avec des yeux qui
se mirent à étinceler de la joie d'un coup bien
frappé.

« Mais, – dit Tressignies, – le sait-il, lui, le duc,
ce que vous êtes devenue ?...

— S'il ne le sait pas, il le saura un jour, – répondit-
elle, avec la sécurité absolue d'une femme qui a
pensé à tout, qui a tout calculé, qui est sûre de

l'avenir. – Le bruit de ce que je fais peut l'atteindre d'un jour à l'autre, d'une éclaboussure de ma honte ! Quelqu'un des hommes qui montent ici peut lui cracher au visage le déshonneur de sa femme, ce crachat qu'on n'essuie jamais ; mais ce ne serait là qu'un hasard, et ce n'est pas à un hasard que je livrerais ma vengeance ! J'ai résolu d'en mourir pour qu'elle soit plus sûre ; ma mort l'assurera, en l'achevant. »

Tressignies était dépaysé par l'obscurité de ces dernières paroles ; mais elle en fit jaillir une hideuse clarté :

« Je veux mourir où meurent les filles comme moi, – reprit-elle. – Rappelez-vous !... Il fut un homme, sous François Ier, qui alla chercher chez une de mes pareilles une effroyable et immonde maladie, qu'il donna à sa femme pour en empoison-ner le roi, dont elle était la maîtresse, et c'est ainsi qu'il se vengea de tous les deux... Je ne ferai pas moins que cet homme. Avec ma vie ignominieuse de tous les soirs, il arrivera bien qu'un jour la putré-faction de la débauche saisira et rongera enfin la prostituée, et qu'elle ira tomber par morceaux et s'éteindre dans quelque honteux hôpital ! Oh ! alors, ma vie sera payée ! – ajouta-t-elle, avec l'en-thousiasme de la plus affreuse espérance ; – alors, il sera temps que le duc de Sierra-Leone apprenne comment sa femme, la duchesse de Sierra-Leone, aura vécu et comment elle meurt ! »

Tressignies n'avait pas pensé à cette profondeur dans la vengeance, qui dépassait tout ce que l'his-toire lui avait appris. Ni l'Italie du XVIe siècle, ni la Corse de tous les âges, ces pays renommés pour

l'implacabilité de leurs ressentiments, n'offraient
à sa mémoire un exemple de combinaison plus
réfléchie et plus terrible que celle de cette femme,
qui se vengeait à même elle, à même son corps
comme à même son âme ! Il était effrayé de ce
sublime horrible, car l'intensité dans les sentiments, poussée à ce point, est sublime. Seulement,
c'est le sublime de l'enfer.

« Et quand il ne le saurait pas, – reprit-elle
encore, redoublant d'éclairs sur son âme, – moi,
après tout, je le saurais ! Je saurais ce que je fais
chaque soir, – que je bois cette fange, et que c'est
du nectar, puisque c'est ma vengeance !... Est-ce
que je ne jouis pas, à chaque minute, de la pensée
de ce que je suis ?... Est-ce qu'au moment où je
le déshonore, ce duc altier, je n'ai pas, au fond de
ma pensée, l'idée enivrante que je le déshonore ?
Est-ce que je ne vois pas clairement dans ma pensée tout ce qu'il souffrirait s'il le savait ?... Ah ! les
sentiments comme les miens ont leur folie, mais
c'est leur folie qui fait le bonheur ! Quand je me
suis enfuie de Sierra-Leone, j'ai emporté avec moi
le portrait du duc, pour lui faire voir, à ce portrait,
comme si ç'avait été à lui-même, les hontes de ma
vie ! Que de fois je lui ai dit, comme s'il avait pu
me voir et m'entendre : "Regarde donc ! regarde !"
Et quand l'horreur me prend dans vos bras, à tous
vous autres, – car elle m'y prend toujours : je ne
puis pas m'accoutumer au goût de cette fange !
– j'ai pour ressource ce bracelet, – et elle leva son
bras superbe d'un mouvement tragique ; – j'ai ce
cercle de feu, qui me brûle jusqu'à la moelle et
que je garde à mon bras, malgré le supplice de

La Vengeance d'une femme

l'y porter, pour que je ne puisse jamais oublier le bourreau d'Esteban, pour que son image excite mes transports, – ces transports d'une haine vengeresse, que les hommes sont assez bêtes et assez fats pour croire du plaisir qu'ils savent donner ! Je ne sais pas ce que vous êtes, vous, mais vous n'êtes certainement pas le premier venu parmi tous ces hommes ; et cependant vous avez cru, il n'y a qu'un instant, que j'étais encore une créature humaine, qu'il y avait encore une fibre qui vibrait en moi ; et il n'y avait en moi que l'idée de venger Esteban du monstre dont voici l'image ! Ah ! son image, c'était pour moi comme le coup de l'éperon, large comme un sabre, que le cavalier arabe enfonce dans le flanc de son cheval pour lui faire traverser le désert. J'avais, moi, des espaces de honte encore plus grands à dévorer, et je m'enfonçais cette exécrable image dans les yeux et dans le cœur, pour mieux bondir sous vous quand vous me teniez... Ce portrait, c'était comme si c'était lui ! c'était comme s'il nous voyait par ses yeux peints !... Comme je comprenais l'envoûtement des siècles où l'on envoûtait ! Comme je comprenais le bonheur insensé de planter le couteau dans le cœur de l'image de celui qu'on eût voulu tuer ! Dans le temps que j'étais religieuse, avant d'aimer cet Esteban qui a pour moi remplacé Dieu, j'avais besoin d'un crucifix pour mieux penser au Crucifié ; et, au lieu de l'aimer, je l'aurais haï, j'eusse été une impie, que j'aurais eu besoin du crucifix pour mieux le blasphémer et l'insulter ! Hélas ! – ajouta-t-elle, changeant de ton et passant de l'âpreté des sentiments les plus cruels aux douceurs poignantes d'une incroyable mélancolie, – je n'ai pas le portrait d'Esteban. Je ne le vois que dans mon âme... et c'est peut-être heureux, – ajouta-t-elle. – Je l'aurais sous les yeux qu'il relèverait mon pauvre cœur, qu'il me ferait rougir des indignes abaissements de ma vie. Je me repentirais, et je ne pourrais plus le venger !... »

La Gorgone était devenue touchante, mais ses yeux étaient restés secs. Tressignies, ému d'une tout autre émotion que celles-là par lesquelles jusqu'ici elle l'avait fait passer, lui prit la main, à cette femme qu'il avait le droit de mépriser, et il la lui baisa avec un respect mêlé de pitié. Tant de malheur et d'énergie la lui grandissaient : « Quelle femme ! pensait-il. Si, au lieu d'être la duchesse de Sierra-Leone, elle avait été la marquise de Vasconcellos, elle eût, avec la pureté et l'ardeur de son amour pour Esteban, offert à l'admiration humaine quelque chose de comparable et d'égal à la grande marquise de Pescaire. Seulement, – ajouta-t-il en lui-même, – elle n'aurait pas montré, et personne n'aurait jamais su, quels gouffres de profondeur et de volonté étaient en elle. » Malgré le scepticisme de son époque et l'habitude de se regarder faire et de se moquer de ce qu'il faisait, Robert de Tressignies ne se sentit point ridicule d'embrasser la main de cette femme perdue ; mais il ne savait plus que lui dire. Sa situation vis-à-vis d'elle était embarrassée. En jetant son histoire entre elle et lui, elle avait coupé, comme avec une hache, ces liens d'une minute qu'ils venaient de nouer. Il y avait en lui un inexprimable mélange d'admiration, d'horreur, et de mépris ; mais il se serait trouvé de très mauvais goût de faire du sentiment ou de la morale avec cette femme. Il s'était souvent moqué des moralistes, sans mandat et sans autorité, qui pullulaient dans ce temps-là, où, sous l'influence de certains drames et de certains romans, on voulait se donner des airs de relever, comme des pots de fleurs renversés, les femmes qui tombaient. Il était, tout sceptique qu'il fût, doué d'assez de bon sens pour savoir qu'il n'y avait que le prêtre seul – le prêtre du Dieu rédempteur – qui pût relever de pareilles chutes... et, encore croyait-il que, contre l'âme de cette femme, le prêtre lui-même se serait brisé. Il avait en lui une implication de choses douloureuses, et il gardait un silence plus pesant pour lui que pour elle. Elle, toute à la violence de ses idées et de ses souvenirs, continua :

« Cette idée de le déshonorer, au lieu de le tuer, cet homme pour qui l'honneur, comme le monde l'entend, était plus que la vie, ne me vint pas tout de suite... Je fus longtemps à trouver cela. Après la mort de Vasconcellos, qu'on ne sut peut-être pas dans le château, dont le corps fut probablement jeté dans quelque oubliette avec les Noirs qui l'avaient assassiné, le duc ne m'adressa plus la parole, si ce n'est brièvement et cérémonieusement devant ses gens, car la femme de César ne doit pas être soupçonnée, et je devais rester aux yeux de tous l'impeccable duchesse d'Arcos de Sierra-Leone. Mais, tête à tête et entre nous, jamais un seul mot, jamais une allusion ; le silence, ce silence de la haine, qui se nourrit d'elle-même et n'a pas besoin de parler. Don Christo-

val et moi, nous luttions de force et de fierté. Je
dévorais mes larmes. Je suis une Turre-Cremata.
J'ai en moi la puissante dissimulation de ma race
qui est italienne, et je me bronzais, jusque dans
les yeux, pour qu'il ne pût pas soupçonner ce qui
fermentait sous ce front de bronze où couvait
l'idée de ma vengeance. Je fus absolument impénétrable. Grâce à cette dissimulation, qui boucha
tous les jours de mon être par lesquels mon secret
aurait pu filtrer, je préparai ma fuite de ce château dont les murs m'écrasaient, et où ma vengeance n'aurait pu s'accomplir que sous la main
du duc, qui se serait vite levée. Je ne me confiai à
personne. Est-ce que jamais mes duègnes ou mes
caméristes avaient osé lever leurs yeux sur mes
yeux pour savoir ce que je pensais ? J'eus d'abord
le projet d'aller à Madrid ; mais, à Madrid, le duc
était tout-puissant, et le filet de toutes les polices
se serait refermé sur moi à son premier signal. Il
m'y aurait facilement reprise, et, reprise une fois,
il m'aurait jetée dans l'*in-pace* de quelque couvent,
étouffée là, tuée entre deux portes, supprimée du
monde, de ce monde dont j'avais besoin pour me
venger !... Paris était plus sûr. Je préférai Paris.
C'était une meilleure scène pour l'étalage de mon
infamie et de ma vengeance ; et, puisque je voulais qu'un jour tout cela éclatât comme la foudre,
quelle bonne place que cette ville, le centre de
tous les échos, à travers laquelle passent toutes
les nations du monde ! Je résolus d'y vivre de cette
vie de prostituée qui ne me faisait pas trembler,
et d'y descendre impudemment jusqu'au dernier
rang de ces filles perdues qui se vendent pour une

La Vengeance d'une femme   117

pièce de monnaie, fût-ce à des goujats ! Pieuse
comme je l'étais avant de connaître Esteban, qui
m'avait arraché Dieu de la poitrine pour s'y mettre
à la place, je me levais souvent la nuit sans mes
femmes, pour faire mes oraisons à la Vierge noire
de la chapelle. C'est de là qu'une nuit je me sauvai
et gagnai audacieusement les gorges des sierras.
J'emportai tout ce que je pus de mes bijoux et
de l'argent de ma cassette. Je me cachai quelque
temps chez des paysans qui me conduisirent à la
frontière. Je vins à Paris. Je m'y attelai, sans peur,
à cette vengeance qui est ma vie. J'en suis tellement assoiffée, de cette fureur de me venger, que
parfois j'ai pensé à affoler de moi quelque jeune
homme énergique et à le pousser vers le duc pour
lui apprendre mon ignominie ; mais j'ai fini toujours par étouffer cette pensée, car ce n'est pas
quelques pieds d'ordure que je veux élever sur *son*
nom et sur ma mémoire : c'est toute une pyra-
mide de fumier ! Plus je serai tard vengée, mieux
je serai vengée... »

Elle s'arrêta. De livide, elle était devenue pourpre.
La sueur lui découlait des tempes. Elle s'enrouait.
Était-ce le coup de la honte ?... Elle saisit fébrile-
ment une carafe sur la commode, et se versa un
énorme verre d'eau qu'elle lampa.

« Cela est dur à passer, la honte ! – dit-elle ; – mais
il faut qu'elle passe ! J'en ai assez avalé depuis
trois mois, pour qu'elle puisse passer !

— Il y a donc trois mois que ceci dure ? – (il
n'osait plus dire quoi) fit Tressignies, avec un
vague plus sinistre que la précision.

— Oui, – dit-elle, – trois mois. Mais qu'est-ce

que trois mois ? – ajouta-t-elle. – Il faudra du temps pour cuire et recuire ce plat de vengeance que je lui cuisine, et qui lui paiera son refus du cœur d'Esteban qu'il n'a pas voulu me faire manger... »

Elle dit cela avec une passion atroce et une mélancolie sauvage. Tressignies ne se doutait pas qu'il pût y avoir dans une femme un pareil mélange d'amour idolâtre et de cruauté. Jamais on n'avait regardé avec une attention plus concentrée une œuvre d'art qu'il ne regardait cette singulière et toute-puissante artiste en vengeance, qui se dressait alors devant lui... Mais quelque chose, qu'il était étonné d'éprouver, se mêlait à sa contemplation d'observateur. Lui qui croyait en avoir fini avec les sentiments involontaires et dont la réflexion, au rire terrible, mordait toujours les sensations, comme j'ai vu des charretiers mordre leurs chevaux pour les faire obéir, sentait que dans l'atmosphère de cette femme il respirait un air dangereux. Cette chambre, pleine de tant de passion physique et barbare, asphyxiait ce civilisé. Il avait besoin d'une gorgée d'air et il pensait à s'en aller, dût-il revenir.

Elle crut qu'il partait. Mais elle avait encore des côtés à lui faire voir dans son chef-d'œuvre.

« Et cela ? » fit-elle, avec un dédain et un geste retrouvé de duchesse, en lui montrant du doigt la coupe de verre bleu qu'il avait remplie d'or.

« Reprenez cet argent, – dit-elle. – Qui sait ? Je suis peut-être plus riche que vous. L'or n'entre pas ici. Je n'en accepte de personne. » Et, avec la fierté

d'une bassesse qui était sa vengeance, elle ajouta :
« Je ne suis qu'une fille à cent sous. »

Le mot fut dit comme il était pensé. Ce fut le dernier trait de ce sublime à la renverse, de ce sublime infernal dont elle venait de lui étaler le spectacle, et dont certainement le grand Corneille, au fond de son âme tragique, ne se doutait pas ! Le dégoût de ce dernier mot donna à Tressignies la force de s'en aller. Il rafla les pièces d'or de la coupe et n'y laissa que ce qu'elle demandait. « Puisqu'elle le veut ! dit-il, je pèserai sur le poignard qu'elle s'enfonce, et j'y mettrai aussi ma tache de boue, puisque c'est de boue qu'elle a soif. » Et il sortit dans une agitation extrême. Les candélabres inondaient toujours de leur lumière cette porte, si commune d'aspect, par laquelle il était déjà passé. Il comprit pourquoi étaient plantées là ces torchères, quand il regarda la carte collée sur la porte, comme l'enseigne de cette boutique de chair. Il y avait sur cette carte en grandes lettres :

LA DUCHESSE D'ARCOS
DE SIERRA-LEONE

Et, au-dessous, un mot ignoble pour dire le métier qu'elle faisait.

Tressignies rentra chez lui, ce soir-là, après cette incroyable aventure, dans une situation si troublée qu'il en était presque honteux. Les imbéciles – c'est-à-dire à peu près tout le monde – croient que rajeunir serait une invention charmante de la nature humaine ; mais ceux qui connaissent la vie savent mieux le profit que ce serait. Tressignies se dit avec effroi qu'il allait peut-être se retrouver trop jeune... et voilà pourquoi il se promit de ne plus mettre le pied chez la duchesse, malgré l'intérêt, ou plutôt à cause de l'intérêt que cette femme inouïe lui infligeait. « Pourquoi, se dit-il, retourner dans ce lieu malsain d'infection, au fond duquel une créature de haute origine s'est volontairement précipitée ? Elle m'a conté toute sa vie, et je peux imaginer sans effort les détails, qui ne peuvent changer, de cette horrible vie de chaque jour. » Telle fut la résolution de Tressignies, prise énergiquement au coin du feu, dans la solitude de sa chambre. Il s'y calfeutra quelque temps contre les choses et les distractions du dehors, tête à tête avec les impressions et les souvenirs d'une soirée que son esprit ne pouvait s'empêcher de savourer, comme un poème étrange et tout-puissant auquel il n'avait rien lu de comparable, ni dans Byron, ni dans Shakespeare, ses deux poètes favoris. Aussi passa-t-il bien des heures, accoudé aux bras de son fauteuil, à feuilleter rêveusement en lui les pages toujours ouvertes de ce poème d'une hideuse énergie. Ce fut là un lotus qui lui fit oublier les salons de Paris, – sa patrie. Il lui fallut même le coup de collier de sa volonté pour y retourner. Les irréprochables duchesses qu'il y retrouva lui semblèrent manquer un peu d'accent... Quoiqu'il ne fût pas une bégueule, ce Tressignies, ni ses amis non plus, il ne leur dit pas un seul mot de son aventure, par un sentiment de délicatesse qu'il traitait d'absurde, car la duchesse ne lui avait-elle pas demandé de raconter à tout venant son histoire, et de la faire rayonner aussi loin qu'il pourrait la faire rayonner ?... Il la garda pour lui, au contraire. Il la mit et la scella dans le coin le plus mystérieux de son être, comme on bouche un flacon de parfum très rare, dont on perdrait quelque chose en le faisant respirer. Chose étonnante, avec la nature d'un homme comme lui ! ni au Café de Paris, ni au cercle, ni à l'orchestre des théâtres, ni nulle part où les hommes se rencontrent seuls et se disent tout, il n'aborda jamais un de ses amis sans avoir peur de lui entendre raconter, comme lui étant arrivé, l'aventure qui était la sienne ; et, cette chose qui pouvait arriver faisait surgir en lui une perspective qui, dans les dix premières minutes d'une conversation, lui causait un léger tremblement. Nonobstant, il se tint parole, et non seulement il ne retourna pas rue Basse-du-Rempart, mais au boulevard. Il ne s'appuya plus, comme le faisaient les autres *gants jaunes*, les lions du temps, contre la balustrade de Tortoni. « Si je revoyais flotter sa diable de robe jaune, se disait-il, je serais peut-être encore assez bête pour la suivre. » Toutes les robes jaunes qu'il rencontrait le faisaient rêver... Il aimait à présent les robes jaunes, qu'il avait toujours détestées. « Elle m'a dépravé le goût », se disait-il, et c'est ainsi que le dandy se moquait de l'homme. Mais ce que Mme de Staël, qui les connaissait, appelle quelque part *les pensées du Démon*, était plus fort que l'homme et que le dandy. Tressignies devint sombre. C'était dans le monde un homme d'un esprit animé, dont la gaieté était aimable et redoutable – ce qu'il faut que toute gaieté soit dans ce monde, qui vous mépriserait si,

tout en l'amusant, vous ne le faisiez pas trembler
un peu. Il ne causa plus avec le même entrain...
« Est-il amoureux ? » disaient les commères. La
vieille marquise de Clérembault, qui croyait qu'il
en voulait à sa petite-fille, sortie tout chaud du
Sacré-Cœur et romanesque comme on l'était alors,
lui disait avec humeur : « Je ne puis plus vous
sentir quand vous prenez vos airs d'Hamlet. » De
sombre, il passa souffrant. Son teint se plomba.
« Qu'a donc M. de Tressignies ? » disait-on, et on
allait peut-être lui découvrir le cancer à l'estomac
de Bonaparte dans la poitrine, quand, un beau
jour, il supprima toutes les questions et inqui-
sitions sur sa personne en bouclant sa malle en
deux temps, comme un officier, et en disparais-
sant comme par un trou.

Où allait-il ? Qui s'en occupa ? Il resta plus d'un
an parti, puis il revint à Paris, reprendre le bran-
card de sa vie de mondain. Il était un soir chez
l'ambassadeur d'Espagne, où, ce soir-là, par parenthèse, le monde le plus étincelant de Paris fourmil-
lait... Il était tard. On allait souper. La cohue du
buffet vidait les salons. Quelques hommes, dans le
salon de jeu, s'attardaient à un whist obstiné. Tout
à coup, le partner de Tressignies, qui tournait les
pages d'un petit portefeuille d'écaille sur lequel il
écrivait les paris qu'on faisait à chaque *rob*, y vit
quelque chose qui lui fit faire le « Ah ! » qu'on fait
quand on retrouve ce qu'on oubliait.

« Monsieur l'ambassadeur d'Espagne, – dit-il au
maître de la maison, qui, les mains derrière son
dos, regardait jouer, – y a-t-il encore des Sierra-
Leone à Madrid ?

La Vengeance d'une femme   123

— Certes, s'il y en a ! – fit l'ambassadeur. –
D'abord, il y a le duc, qui est de pair avec tout ce
qu'il y a de plus élevé parmi les Grandesses.

— Qu'est donc cette duchesse de Sierra-Leone
qui vient de mourir à Paris, et qu'est-elle au duc ?
– reprit alors l'interlocuteur.

— Elle ne pourrait être que sa femme, répondit tranquillement l'ambassadeur. Mais, il y a
presque deux ans que la duchesse est comme si
elle était morte. Elle a disparu, sans qu'on sache
pourquoi ni comment elle a disparu : – la vérité
est un profond mystère ! Figurez-vous bien que
l'imposante duchesse d'Arcos de Sierra-Leone
n'était pas une femme de ce temps-ci, une de
ces femmes à folies, qu'un amant enlève. C'était
une femme aussi hautaine pour le moins que le
duc son mari, qui est bien le plus orgueilleux
des *ricos hombres* de toute l'Espagne. De plus,
elle était pieuse, pieuse d'une piété quasi monas-
tique. Elle n'a jamais vécu qu'à Sierra-Leone, un
désert de marbre rouge, où les aigles, s'il y en a,
doivent tomber asphyxiés d'ennui de leurs pics !
Un jour, elle en a disparu et jamais on n'a pu
retrouver sa trace. Depuis ce temps-là, le duc,
un homme du temps de Charles Quint, à qui
personne n'a jamais osé poser la moindre question, est venu habiter Madrid, et n'y a pas plus
parlé de sa femme et de sa disparition que si elle
n'avait jamais existé. C'était, en son nom, une
Turre-Cremata, la dernière des Turre-Cremata,
de la branche d'Italie.

— C'est bien cela, – interrompit le joueur. Et il
regarda ce qu'il avait écrit sur un des feuillets de

son calepin d'écaille. – Eh bien ! – ajouta-t-il solennellement, – monsieur l'ambassadeur d'Espagne, j'ai l'honneur d'annoncer à Votre Excellence que la duchesse de Sierra-Leone a été enterrée ce matin, et, ce dont assurément vous ne vous douteriez jamais, qu'elle a été enterrée à l'église de la Salpêtrière, comme une pensionnaire de l'établissement ! »

À ces paroles, les joueurs tournèrent le nez à leurs cartes et les plaquèrent devant eux sur la table, regardant tour à tour, effarés, celui-là qui parlait et l'ambassadeur.

« Mais oui ! – dit le joueur, qui *faisait son effet*, cette chose délicieuse en France ! – Je passais par là, ce matin, et j'ai entendu le long des murs de l'église un si majestueux tonnerre de musique religieuse, que je suis entré dans cette église, peu accoutumée à de pareilles fêtes… et que je suis tombé de mon haut, en passant par le portail, drapé de noir et semé d'armoiries à double écusson, de voir dans le chœur le plus resplendissant catafalque. L'église était à peu près vide. Il y avait au *banc des pauvres* quelques mendiants, et çà et là quelques femmes, de ces horribles lépreuses de l'hôpital qui est à côté, du moins de celles-là qui ne sont pas tout à fait folles et qui peuvent encore se tenir debout. Surpris d'un pareil personnel auprès d'un pareil catafalque, je m'en suis approché, et j'ai lu, en grosses lettres d'argent sur fond noir, cette inscription que j'ai, ma foi ! copiée, de surprise et pour ne pas l'oublier :

CI-GÎT
SANZIA-FLORINDA-CONCEPCION
DE TURRE-CREMATA,
DUCHESSE D'ARCOS DE SIERRA-LEONE,
FILLE REPENTIE,
MORTE À LA SALPÊTRIÈRE, LE...
REQUIESCAT IN PACE ! »

Les joueurs ne songeaient plus à la partie. Quant à l'ambassadeur, quoiqu'un diplomate ne doive pas plus être étonné qu'un officier ne doive avoir peur, il sentit que son étonnement pouvait le compromettre :

« Et vous n'avez pas pris de renseignements ?... – fit-il, comme s'il eût parlé à un de ses inférieurs.

— À personne, Excellence, – répondit le joueur. – Il n'y avait que des pauvres ; et les prêtres, qui peut-être auraient pu me renseigner, chantaient l'office. D'ailleurs, je me suis souvenu que j'aurais l'honneur de vous voir ce soir.

— Je les aurai demain », fit l'ambassadeur. Et la partie s'acheva, mais coupée d'interjections, et chacun si préoccupé de sa pensée, que tout le monde fit des fautes parmi ces forts *whisteurs*, et que personne ne s'aperçut de la pâleur de Tressignies, qui saisit son chapeau et sortit, sans prendre congé de personne.

Le lendemain, il était de bonne heure à la Salpêtrière. Il demanda le chapelain, – un vieux bonhomme de prêtre, – lequel lui donna tous les renseignements qu'il lui demanda sur le n° 119 qu'était devenue la duchesse d'Arcos de Sierra-Leone. La malheureuse était venue s'abattre où elle avait prévu qu'elle s'abattrait... À ce jeu terrible qu'elle avait joué, elle avait gagné la plus effroyable des maladies. En peu de mois, dit le vieux prêtre, elle s'était cariée jusqu'aux os... Un de ses yeux avait sauté un jour brusquement de son orbite et était tombé à ses pieds comme un gros sou... L'autre s'était liquéfié et fondu... Elle était morte – mais stoïquement – dans d'intolérables tortures... Riche d'argent encore et de ses bijoux, elle avait tout légué aux malades, comme elle, de la maison qui l'avait accueillie, et prescrit de solennelles funérailles. « Seulement, pour se punir de ses désordres, – dit le vieux prêtre qui n'avait rien compris du tout à cette femme-là, – elle avait exigé, par pénitence et par humilité, qu'on mît après ses titres, sur son cercueil et sur son tombeau, qu'elle était une FILLE... REPENTIE.

» Et encore, ajouta le vieux chapelain, dupe de la confession d'une pareille femme, par humilité, elle ne voulait pas qu'on mît "repentie" ».

Tressignies se prit à sourire amèrement du brave prêtre, mais il respecta l'illusion de cette âme naïve.

Car il savait, lui, qu'elle ne se repentait pas, et que cette touchante humilité était encore, après la mort, de la vengeance !

Le Dessous de cartes d'une partie de whist   9
La Vengeance d'une femme   73

Impression Novoprint
à Barcelone, le 23 décembre 2016
Dépôt légal : décembre 2016

ISBN 978-2-07-270554-0/Imprimé en Espagne.

310783